ZENTA MAURINA · ÜBER LIEBE UND TOD

ZENTA MAURINA

ÜBER LIEBE UND TOD

Essays

MAXIMILIAN DIETRICH VERLAG
MEMMINGEN/ALLGÄU

ISBN 3 87164 071 9

4. Auflage 1987

Gesamtherstellung: MZ-Verlagsdruckerei GmbH, Memmingen

Albatros zugeeignet

GELEITWORT

Über die Liebe wage ich zu schreiben, weil ich durch sie aus der Gruft des Todes, aus dem Abgrund der Melancholie, aus der Sturmflut der Verzweiflung, aus dem Kerker unheilbarer Krankheit erlöst worden bin.

Ich kenne die Gewalt der Liebe, ihre Beharrlichkeit, wie auch ihre Zerbrechlichkeit. Aus ureigener Erfahrung weiß ich, daß sie Berge versetzt und durch einen giftigen Anhauch schneller hinwelkt als die zarteste Mimose.

Liebe und Tod sind die entscheidenden Fragen im Leben jedes Einzelnen.

Liebe ist gesteigertes Leben und jede Stunde führt uns unausweichlich an die Pforte des Todes, an der kein Geborener vorübergehen kann.

Durch die Stellungnahme zu den letzten Fragen gewinnen die Ich-Du-Beziehungen, gewinnt all unser Denken und Tun einen festen Grund.

Die Liebe reicht von der Mitte her durch alle Seelenschichten und kann von anderen Prinzipien nicht abgeleitet werden.

Den substantiellen Wert eines Menschen entscheidet seine Fähigkeit zu lieben.

Wer nicht geliebt hat, ist sich selbst ein Fremdling.

Ohne Liebe bleiben wir an der Oberfläche der Dinge.

Eine Feindin der Logik, läßt sich die Liebe nicht beweisen und das ist ihr Widersinn. Da sie das Irrationale schlechthin, unsere Sprache aber rational ist, kann man ihr Wesen in Worten nur andeuten und umschreiben, nicht aussagen.

Endgültige Antworten sind uns in den letzten Fragen verwehrt, aber Nachsinnen führt zur Vertiefung, zur Selbstfindung, bewahrt vor der Gefahr, unser Leben zur Kopie oder, was noch schlimmer ist, zum Plagiat zu machen. Wer sich selbst gefunden, wird auch den geheimen Sinn des Lebens entdecken. Lebenslängliche Bemühung, anders zu sein als man geschaffen wurde, ist Ursache von Unzufriedenheit und Unbehagen. Erkennung und Verwirklichung der eigenen Natur ohne Selbstgefälligkeit, das Sicheinsfühlen mit Gott ermöglicht das aus Endlichkeit und Unendlichkeit untrennbar verwobene Dasein wenn auch nicht zu erschöpfen, so doch heiteren Sinnes als ewiges Gleichnis zu gestalten.

Wenn ich in diesen Essays unsere Zeit erwähne, meine ich damit vorzüglich die letzten fünfzehn Jahre, also den Pseudofrieden; aber dieser ist bedingt durch die Tendenz der Entmenschlichung, die gesetzmäßig 1935 begann und den zweiten Weltkrieg gebar.

Uppsala, im Februar 1960

ÜBER DIE LIEBE

Triebhunger, Entpersönlichung und Gefühlsdürre

Jede Epoche hat ihre Philosophie der Liebe.

Im alten Griechenland schuf Platon eine solche und ewig bleibt seine Sehnsucht, aus unvollkommenen, entgegengesetzten Hälften ein Ganzes, Vollkommenes, sich einander Ergänzendes zu schaffen. Das Kennzeichen unseres Planeten ist Polarität, nur in der Wechselwirkung von Mann und Weib, Leben und Tod, Tag und Nacht erfüllt sich das Gesetz unserer Erde.

Im Mittelalter war es Thomas von Aquin, der eine vergeistigte, differenzierte Philosophie der Liebe und Freundschaft aufbaute. Im Anschluß an Aristoteles unterscheidet er drei Arten der Zuneigung: die amicitia utilis, delectabilis und honesta, je nachdem, ob der Freund wegen des erhofften Vorteils, wegen der Annehmlichkeit des Umganges mit ihm oder wegen seiner Tugenden, das heißt um seiner selbst willen geliebt wird. Sehr feinsinnig erklärt Thomas von Aquin, daß die auf Berechnung von Vorteilen begründeten menschlichen Beziehungen nicht so hoch zu werten seien wie das reine Wohlwollen, wo der Freund um seines bloßen Daseins willen bevorzugt wird und das agathon entscheidend ist.

Im 17. Jahrhundert hat Franz von Sales, dieser von Frauen vielgeliebte Weltmann unter den Heiligen, uns eine Philosophie der Liebe übermittelt. Er kannte die geistigen, sinnlichen und religiösen Veranlagungen des

Menschen und leitete von diesen die Art der Zuneigung ab.

Am Anfang des 19. Jahrhunderts schrieb Stendhal ein Buch über die Liebe, am Ende desselben – Wladimir Solowjew. Das philosophische Werk des letzteren ist im gleichen Maße jenseitig wie der unterhaltsame Essay Stendhals diesseitig ist. In unserer Zeit hat Ortega y Gasset geistreiche Meditationen über die Liebe geschrieben, die aber über Stendhal nicht hinausgehen.

So haben alle Zeitalter eine Philosophie der Liebe hervorgebracht, das unsere jedoch nur Institute für Sexualforschung. Fürwahr, der Mensch hat einen weiten Weg zurückgelegt vom gefesselten Prometheus, der aus Mitleid mit dem Eintagswesen dem allmächtigen Zeus trotzte, bis zum gefesselten Insekt, das dem Entomologen der Indiana-Universität, Alfred C. Kinsey, gehorsamst auf raffiniert sachliche Fragen über den sexuellen Vollzug Bericht erstattet. Der Befragte fügt Geschehnisse, über die Liebende zu sprechen sich scheuen, in statistische Rubriken ein. Eine hervorstechende Tatsache in der Epoche des Nihilismus: Triebhunger wird mit Liebe verwechselt.

1948 erschienen als eines der ersten und markantesten Nachkriegsergebnisse Alfred C. Kinseys Rapporte über das sexuelle Verhalten der Frau und etwas später über das sexuelle Verhalten des Mannes, und diese waren ebenso schnell in aller Leute Mund wie Freuds sexueller Monismus nach dem ersten Weltkrieg. Die Popularität dieser beiden Lehren charakterisiert ebenso den Zeitgeist wie die Verfasser, die trotz ihrer Unterschiedlichkeit sich in der Ablehnung des souverän geistigen Prinzips ähnlich sind und dadurch den Weg zum Bolschewismus, dessen Grundfeste in weltanschaulicher Hinsicht der Materialismus ist, ebnen, obwohl in Sowjetrußland Freud und Kinsey verpönt sind.

In der großangelegten amerikanischen Statistik und ihrer Auswirkung fehlen zwei eng miteinander verbundene Erlebnisbegriffe, die seit altersher den Kern der Kultur vor Fäulnis und Verkalkung bewahren: der eine heißt Liebe, der andere Mutterschaft.

Allein, es wäre unrecht, den gewissenhaften Forscher auf dem Gebiet des Geschlechtslebens als Libertinisten oder Revolutionär der Sexualmoral zu bezeichnen. Die von Alfred C. Kinsey beharrlich gesammelten, sorgfältig analysierten und publizierten Tatsachen der Heterosexualität, Homosexualität, Traumsexualität, der Sodomie und Onanie sind durchaus nicht nur für unsere Zeit kennzeichnend; schon die Bibel berichtet in naturalistischer Nacktheit über normale und unnormale Sexualität. Die physische Organisation des Menschen hat sich in vielen tausend Jahren – und dies ist das unheimliche oder auch das Göttliche an ihm – nicht geändert. Kennzeichnend für unsere Zeit jedoch ist, daß in dieser schnell populär gewordenen Forschung der Mensch ein dreidimensionales Wesen ist, das in keinerlei Weise über das Biologische hinausreicht.

Den Sexus mit allen seinen Verirrungen aus der Dichtkunst zu verbannen, ihn im dunkelsten Winkel des Unterbewußtseins zu verstecken, ist eine in ihrer Heuchelei unmoralische Tat, was das Einordnen in Tabellen und Rubriken keinesfalls ist. Anfechtbar in der Kinsey-Statistik – und dieser Name ist Symbol für die pansexualistische Richtung – ist nicht der Inhalt, sondern erstens die Annahme, daß intime, allerpersönlichste Probleme sich durch Fragebogen ergründen lassen, und zweitens die Methode, von zwanzigtausend Antworten auf die ganze Menschheit zu schließen. Auf öffentliche Fragebogen, die das Verschwiegenste abtasten, wird nur eine bestimmte Menschenart antworten; ich will nicht sagen eine schamlose, allein es ist eine, die keine Ehrfurcht vor dem Unsagbaren kennt, und erst wo diese einsetzt, beginnt das Menschsein. Seelische Vorgänge lassen sich durch Statistik nicht erfassen. Was besagen schon zwanzigtausend Antworten für die ganze Menschheit, in der nicht der sich wiederholende Typus, sondern das einmalige, unwiederholbare Individuum entscheidend ist? Die Kinsey-Statistik entpersönlicht das Allerpersönlichste. Wie S. Freuds Lehre, so sind auch Kinseys Fragebogen eine Reaktion gegen die rigorose, die Natur vergewaltigende Moral. Ein großes Verdienst ist dem Entomologen allerdings nicht abzusprechen: Er und seine Anhänger haben der in heuchlerischen Vorurteilen und süßlicher Sentimentalität befangenen Gesellschaft den Widerspruch zwischen dem, was seit altersher tatsächlich auf sexuellem Gebiet geschieht, und dem, was die traditionelle Moral anerkennt, zum Bewußtsein gebracht und dazu beigetragen, die Arten und Abarten des Geschlechtslebens zu diagnostizieren. Mich mutet die Kinsey-Statistik wie ein hypermodern eingerichteter, perfekt funktionierender Bereinigungsapparat an, der geräuschlos, geschwind und sauber Müll, Schutt und stinkenden Abfall in sich aufnimmt.

Wie in Amerika, so haben auch in Europa die wissenschaftlichen und belletristischen Publikationen das Triebleben überbetont und die geistig-seelischen Beziehungen in den Hintergrund gestellt. Das Gefühl für große Zusammenhänge, für feinere moralische Unterscheidungen ist verlorengegangen und deshalb auch die innere Harmonie. „Die Entpersönlichung einer Kultur wie auch einer Epoche kann wohl an nichts so eindeutig abgelesen werden wie an ihrer Enterotisierung, oder anders ausgedrückt: an ihrer Sexualisierung“, sagt Fedor Stepun in seinem Hauptwerk. Die Begierde, die nicht mit der schöpferisch reinigenden Flamme der Leidenschaft, in der Körper und Seele verschmelzen, zu verwechseln ist, ist zum Fluch, zur Besessenheit geworden. Sie existiert, seit es Menschen gibt, aber in unserer Zeit wird sie überhöht und mit Lorbeer bekränzt. Der geniale Seelenkenner und Seelenheiler unserer Zeit, C. G. Jung, sagt mit Recht: „Es ist ein beliebtes neurotisches Mißverständnis, daß die rechte Anpassung an die Welt im Ausleben der Sexualität zu finden sei." Die befriedigte Sinnenlust macht nicht froh. Man giert nach dem andern Geschlecht und flieht den Menschen. Die Jugend, die „aufs Fleisch gesetzt hat" ohne Hoffnung auf Gewinn, hißt die billige Fahne: Bonjour tristesse! Diese und ähnliche Losungen sind insoweit richtig, als man den Insektenmenschen als feststehenden Typus und das Männchen als Vollender göttlicher Planung auffaßt. Es gibt nämlich heute noch trotz radikaler Aufklärung Leute beiderlei Geschlechts, die sich an den Ausspruch des Aristoteles halten: „Das Weib ist Weib durch das Fehlen gewisser Eigenschaften" oder auch an Rousseaus Wort: „Das Weib ist dazu gemacht, dem Manne nachzustehen und seine Ungerechtigkeit zu ertragen".

Die Gültigkeit dieser Aussagen ist nicht zu bestreiten, wo es Weibstiere wie Paul Claudels Lola gibt, die niederknien, damit der Mann seinen Fuß auf sie setze, oder auch Frauen, denen ein Staubsauger oder ein blankgeputztes Silberbesteck mehr bedeutet als ein lebendiger Gedanke.

Unzerstörbar ist die im Plane Gottes vorgesehene Magie der geschlechtlichen Anziehungskraft. Mit ihrem Versagen stürbe alles Leben auf unserem Planeten aus. Was aber aus dieser geheimnisvollen, unausrottbaren Magie gemacht wird, hängt vom Einzelnen ab: Leonardo da Vinci schuf eine Mona Lisa, Boccaccio das Dekameron. Nabokow fabrizierte die Eintagsfliege Lolita –

hämischen Aberwitz über entblößte Mißerfolge geschlechtlicher Erregung und Verirrung; und in derselben vordergründig von Dreck und Sexus beherrschten Zeit hat eine aus ihrer Heimat, aber nicht aus ihrer Innenwelt Vertriebene, Hilde Domin, „entblößt und ausgestellt auf dem Marktplatz des Abfalls", „durch die feinsten Siebe des Schmerzes gepreßt", nur eine Rose als Stütze, sich nicht der saugenden Gewalt des Nichts ergeben. Franz Schuberts ungestillte Sehnsucht seiner kosmischweiten Winterreise vermag noch heute in der alle Effekthascherei vermeidenden Interpretation Dietrich Fischer-Dieskaus die Konzertsäle der Großstädte zu füllen.

Wie gewaltig, wie lebensentscheidend auch die Sturzflut des Geschlechtstriebes ist, die Mann und Weib wie alle irdischen Kreaturen in ein unaufhaltsam strömendes Flußbett hineinreißt, so besitzt der Mensch, und unter allen lebenden Wesen nur er, noch eine andere Urkraft, die mit dem Instinktleben nicht gleichbedeutend und nicht in den Besonderheiten des Geschlechts, sondern im rein Menschlichen verwurzelt, und höchster Ausdruck persönlicher Zuneigung und einmaliger Schönheit ist.

Der Triebhunger gilt nicht der Person, dem einmaligen unwiederholbaren, sondern dem anonymen Wesen, dem entgegengesetzten Geschlecht, und ist darin das Gegenteil der Liebe, die sich wertbejahend und wertschaffend zum auserwählten, nicht verwechselbaren Partner verhält. Für sich allein genommen, zielt der Trieb auf Sättigung und macht den Partner zum Mittel für diesen Zweck, zur wertlosen Hülle, sobald das Ziel erreicht ist.

Der Wollüstige ist ein Alkoholiker, dem es gleichgültig ist, aus welcher Flasche er trinkt; gierig entkorkt er Schnaps und Champagner, gibt sich dem Rausch hin und kümmert sich weder vorher noch nachher um den Wert und das Schicksal des entleerten Gefäßes. „Wozu dient eine Frau, wenn nicht um geopfert zu werden?" (Claudel).

Die Gefühlsarmut unserer Zeit, der Mißbrauch der Liebe hängt aufs engste mit der Mißachtung der Person, das heißt mit dem Nihilismus, der Philosophie des Trümmerfeldes zusammen. Diese Verkrampfung im Nichts, die sich in allen Sphären des menschlichen Daseins vollzieht, im Familienleben, im öffentlichen Leben, in der Politik, Philosophie und Kunst, ist ebenso alt wie die Menschheit, denn dem Menschen sind zwei Triebe eingeboren: zu zerstören und anzubeten. Unsere Kultur ist ein Wechsel von Selbstvernichtung und Selbsterhöhung, und unser Planet wie unser Herz der Kriegsschauplatz, auf dem Gott und Satan kämpfen. Wenn es Nihilisten gegeben hat, seit es Menschen gibt, so ist das Neue im Nihilismus unserer Epoche, daß er sich auf den ganzen Erdball erstreckt, nicht nur in den vom Krieg heimgesuchten, sondern auch in den verschonten Ländern und diesseits und jenseits des eisernen Vorhanges die lauteste Richtung seit den dreißiger Jahren geworden ist. Wie man die erste Hälfte des neunzehnten Jahrhunderts als Epoche der Romantik bezeichnet, die zweite als Epoche des Realismus, so wird die erste Hälfte des zwanzigsten Jahrhunderts in die Kulturgeschichte als Epoche des Nihilismus eingehen, was nicht besagt, daß außer und neben dem Nihilismus keine idealistischen Strömungen bestanden und bestehen. Wie kleine und große Sterne die kahlgefrorene Winterwelt erhellen, so die *homini humanes* und die Märtyrer ihres Glaubens, auf die ich später zu sprechen komme, die Finsternis des Nichts.

Die Nihilisten sind die Söhne und Enkel der Skeptiker und Atheisten. Im Skeptizismus zweifelt der Mensch, im Atheismus leugnet er Gott, doch man leugnet Gott nur so lange, als man ihn sucht, und man zweifelt nur so lange, als es etwas zu bezweifeln gibt. Für den Nihilisten ist die Frage nach der Existenz Gottes einfach abgetan: alles ist erlaubt, man braucht niemandem Rechenschaft zu geben. Man darf alles tun, wenn man nur nicht ertappt wird. Man geht an allen Fragen des Menschseins vorbei, gleichgültig bis zur Idiotie. „Um deiner Fragen willen lieb ich dich", sagt Vergil zu Dante in der „Göttlichen Komödie". Und es liegt ein tiefer Sinn darin, daß Parzival erst durch seine Frage nach der Wunde des Anfortas zum vollwertigen Menschen wird. Der Nihilist schlägt beim Anblick peinlicher Wunden die Tür zu:

> Vor dem Bettler, der mittags kommt,
> schlag ich die Tür zu,
> denn es ist Frieden,
> und man kann sich den Anblick ersparen.

Allein, wer ein solches Gedicht wie Heinz Piontek schreibt, hat die Tür seines Herzens nicht zugeschlagen: Wer das Zuschlagen bemerkt, hat Abstand dazu gewonnen und ist den entarteten Menschen, den Gleichgültigen, nicht zuzuzählen.

Ein Bild, in dem die tötende Macht der Entwurzelung und Entpersönlichung, der Versachlichung und „Verinsektierung" zum Ausdruck kommt, geht mir nicht aus dem Sinn. Falls ich nicht irre, war es zu Propagandazwecken in einer Sowjetzeitschrift aufgenommen: In einem kahlen, hellerleuchteten Raum sitzen viele Reihen junger Mütter in weißen Kitteln mit entblößter Brust, aber kein einziges Kind ist zu sehen. Die Muttermilch wird durch eine Maschine abgezapft und an alle Neugeborenen gleichmäßig verteilt. Vernunftsmäßig eine soziale Handlung: Warum soll das eine Baby beziehungsweise Kälbchen mehr als das andere bekommen? Doch unserem Gefühl nach eine widerliche Vorstellung, die noch abstoßender als eine Hinrichtungsszene wirkt, obwohl dem menschlichen Körper hier nichts zuleide getan wird, aber das persönliche Ich ist bis zur Unkenntlichkeit eingeschrumpft.

Wenn Lyrik der unmittelbare Ausdruck der Zeitseele ist, dann grinst uns die kahlgefrorene und kahlgeschorene Zeit aus modernen Anthologien entgegen:

In der Nachgeburt der Schrecken
sucht das Geschmeiß nach Nahrung,
die Metzger halten behandschuht
den Atem der Entblößten an.

Dieses Gedicht hat die Österreicherin Ingeborg Bachmann, eine überragende Lyrikerin ihrer Generation, geschrieben. Die Nachgeburt des Krieges ist etwas noch Schrecklicheres als der Krieg selbst. Die behandschuhten Metzger, die den Atem entblößter Opfer ersticken, sind das Symbol der zivilisierten Grausamkeit: man schlachtet ab, ohne sich zu besudeln. Nicht von Menschen ist hier die Rede, sondern von einem Geschmeiß, wie im Roman von Theodor Plivier, auf den ich noch zu sprechen komme, von Läusen.

Auch in den verschonten Ländern ist es nicht wesentlich anders. In der Züricher Anthologie aus dem Jahre 1955 las ich das Bekenntnis eines Hans Boesch, der im selben Jahr wie Ingeborg Bachmann geboren ist:

Wand sind wir drum
kalkig und roh
jedem Reize verkauft,
der uns anschmiert,
aber leer.

Den geistlosen Menschen, eine Wand, kalkig und roh, kann jeder nach Belieben mit einem Plakat behängen oder zum Lautsprecher einer Lüge machen.

Es gibt eine zwiefache Entpersönlichung, eine zwiefache Anonymität: aus Gottesscheu, aus innerer Demut, inbrünstiger Gottbezogenheit – aus ihr erwuchsen die Kathedralen des Mittelalters, wo jede, auch die kleinste Tat in Gott mündete; die Anonymität unserer Zeit ist gegensätzlicher Natur, sie zieht Nahrung aus Verachtung und Verzweiflung: Geborenwerden und Sterben ist nicht nur Sinnlosigkeit, sondern Verbrechen.

In der Anthologie von Bertelsmann (1954) stieß ich auf ein Gedicht, das mir dadurch auffiel, daß sein Autor unbekannt geblieben ist. Der Namenlose schreit die Frage:

„Was seht Ihr mich alle so fragend an?“ in absolute Leere hinaus. Der Verlust des Rechts auf ein Menschsein äußert sich symbolisch im Verlust seines Namens, das heißt seines Passes. Der letzte Vers – ein Bekenntnis der Kriegsjugend – lautet:

Was seht Ihr mich alle so fragend an,
meinen Namen wollt Ihr wissen?
Meinen Namen . . . wie einen Fetzen Papier
haben sie ihn zerrissen.

Die Entpersönlichung ist absolut, das Ich des Verfassers – eines von Unzähligen – ist während seines Lebens bereits ausgelöscht. Diese entleerten Gesichter sind das Unheimliche in unserer Gegenwart, auch in den verschonten Ländern, diese kalkigen Physiognomien, die sich nicht in ein lebendiges Du verströmen können. Aus einem leeren Gefäß vermag niemand seinen Durst zu stillen.

Seit Kain seinen Bruder erschlug, keimt Haß im menschlichen Herzen, aber zum Staatsprinzip wurde der Haß in der Sowjetunion in den zwanziger, im Westen in den dreißiger Jahren. Von den Orgien des Hasses berichtet Theodor Plivier in seinem Tatsachen-Epos, von dem ich den dritten Teil „Berlin“ für den bedeutendsten der

Trilogie halte. Ein Schwede äußerte sich in einem Gespräch, das sei ein Buch, das den Abscheu gegen Deutschland wachhalte; richtiger wäre zu sagen, den Abscheu gegen den durch den Krieg hervorgerufenen Nihilismus, oder umgekehrt: gegen den durch den Nihilismus hervorgerufenen Krieg. Im Kampf um Berlin 1945 treffen wir nicht einen einzigen liebefähigen Menschen. Die Gestalten dieses Epos begehren einander und fürchten einander, sie brauchen einander, um ihre Gelüste, Lebensinstinkte und ihre Machtgier zu befriedigen. Der Gehalt dieser blutdurchtränkten, durch menschlichen Unverstand heraufbeschworenen Unordnung ist Urangst. Und die in jener unendlichen Nacht gezeugten Kinder sind die Jugend von heute. Das militärische Chaos bedingte das moralische und umgekehrt. Stinkende Leichen, röchelnde Leiber, abgenagte Knochenreste, nicht ein einziger wahrhaft lebendiger Mensch. Ein Feuerorkan ging über die Stadt, die hier das Symbol aller Kriegsschauplätze ist, und der Mensch wandelt nicht mehr über die Erde, er stolpert über Mauerbrocken, Reste von Stahlhelmen und Menschen. Er watet durch einen Sumpf von Gepäckstücken und verstümmelten Leichen, und zwischen beiden ist kein Unterschied. „Trümmer und Schutt und keine Menschen mehr. Nur Andeutungen von Menschen, aufrechtsitzende Gehäuse gewesener Menschen."

Demütigung, Schande, Vergewaltigung, Mord wird wie ein Naturereignis hingenommen. Der Geruch von Leichen, der Schrei vergewaltigter Frauen, hingemordeter Kinder erfüllt die Welt Pliviers, der uferloses Chaos in einen Rahmen gefaßt hat. Berlin ist eine in sich bewegte Trümmermasse, keine Spur von Qualität und Individualisierung. Begrabenwerden ist besser als Weiterleben. „Nationale Esel" werden wilden Tieren vorgeworfen und mißbrauchte Menschenreste sehen schweigend in idiotischer Gleichgültigkeit zu. „Die Schuld wuchs riesengroß, und der Mensch, dem sie aufgebürdet war, war zerschmettert und hatte kein menschliches Gesicht mehr, kein Recht auf menschliche Ernährung, menschliche Bekleidung, war ohne Haus, ohne Hosen – eine Laus." Ein armseliges, uniformtragendes Insekt. Die Bedeutung der Trilogie liegt im Ruf, der sich bis zum verzweifelten, auch heute noch nicht erstickten Schrei steigert: Wenn wir überhaupt noch leben wollen, können wir nicht auf die gleiche Weise leben, die Vergangenheit ist weder fortzusetzen noch zu wiederholen. Die historische Uhr kann nicht zurückgestellt werden. Es muß sich eine Neuwerdung des Menschen, eine Neuwerdung auf allen Gebieten vollziehen. In der Epoche des kalten Krieges, des Widerfriedens, wandelte sich der Haß in das Laster der Gleichgültigkeit.

In der ersten Hälfte des zwanzigsten Jahrhunderts hat eine Dürre das menschliche Gemüt heimgesucht, unser Leben hat sich einseitig intellektualisiert. Die Grausamkeiten unserer Kriege sind nicht geringer als die im Trojanischen, doch das Ich als frei entscheidendes, fühlendes Wesen, als Person ist verschwunden. In der Ilias schmähen und mißhandeln die Helden einander auf schändliche Weise, trotzdem wagt König Priamus das Zelt seines argen Feindes Achilles aufzusuchen und ihn um die Leiche des erschlagenen Sohnes Hektor zu bitten. Der alte König kniet vor dem jungen, küßt seine Hand und beschwört in der Seele des griechischen Heerführers das Bild des eigenen alten Vaters. Und dann weinen beide Könige, schluchzend weinen beide Feinde miteinander. Tränen spülen die den Blick umnebelnde Feindschaft fort. Die Mensch von Mensch trennende Glaswand wird durchsichtig, der Herzkern leuchtet – wenn auch nur für Ewigkeitssekunden – durch den Ruß des Hasses. Im

Kristall der Tränen formt sich eine neue Welt, deren Mitte allverbindender Schmerz, das Bewußtsein menschlicher Hinfälligkeit ist. Achilles läßt für den von der Last des Kummers und der Jahre gebeugten Priamus eine herrliche Ruhestatt in der Halle errichten, der Krieg wird unterbrochen, damit der Vater seinen Sohn in allen Ehren bestatten kann. Daß heute im Blutvergießen und Rachenehmen, in der Eroberungssucht auch nur eine kleine Pause entstünde, um rein menschlichen, persönlichen Gefühlen Genüge zu tun, ist unvorstellbar.

Die Gefühlszurückhaltung – oder auch Gefühlsarmut – der letzten Jahrzehnte veranschaulicht die Gegenüberstellung von Hans Carossas „Rumänischem Tagebuch“ 1924 und Ernst Jüngers „Strahlungen“ 1949. Eine Generation trennt diese Verfasser. Sentimentalitäten abhold, sind beide geeichte Wortgestalter, in der Sturmflut des Hasses weltoffene Vertreter der Humanität.

Hans Carossa hat den ersten Weltkrieg, Jünger den zweiten an der Front mitgemacht, beide besitzen moralischen Mut, das heißt die Fähigkeit, auch im eigenen Volk das Böse als böse zu erkennen. Vergleichen wir Hans Carossas Grauen, das ihn bei dem Tod eines hingequälten Kätzchens ergreift, mit Ernst Jüngers nüchternem Bericht von der Abschlachtung der Kriegsgefangenen. Carossas Kätzchen hat ein unvergeßliches Gesicht, der bluttropfende Mund (der Dichter vermeidet, Maul oder Schnauze zu sagen), die kleinen weißen Pfötchen, mit denen es in seiner Hilflosigkeit und Sauberkeitsliebe das Blut abwischt, prägen sich in unser Gedächtnis ein, wir schließen das Buch mit dem Bild des Kätzchens im Herzen. Die Gefangenen bei Ernst Jünger sind eine graue, antlitzlose Masse, die durch mechanische Tötung schnell, sauber und reibungslos liquidiert wird.

Gefühl ist Bewegtheit der Seele, und die Bewegungen,

die in der Epoche des zweiten Weltkrieges die Menschen heimsuchten, waren so gewaltig, daß, wer leben wollte, sich ihnen nicht hingab. „Und wer noch Strahlen in sich trägt, verbirgt sie“, sagt Hans Carossa.

Vielen brach das Herz, bei anderen verhärtete es sich, bedeckte sich mit einer undurchdringlichen Kruste, schützte sich durch eine Eisschale, und nicht immer geschah dies aus Gefühlsarmut: der Selbsterhaltungstrieb ist erfinderisch und viel stärker als man gemeinhin glaubt.

Hans Carossa, der noch das feinere Gehör hatte, schrieb in seinem Lebensbericht „Ungleiche Welten“ 1951: „Der Deutsche kann die Welt nur noch erobern, indem er ihr Vertrauen gewinnt; das ist aber ohne Liebe unmöglich.“ Und Ernst Jünger in den sieben Jahre später erschienenen „Jahren der Okkupation“: „Es gibt Aspekte des Infernalischen, die den Menschen verstören und der Lebenskraft berauben.“ Wird der Ekel vor der Vernichtung des Wehrlosen und der Errichtung der Schinderhütten unerträglich, wendet er sich, um die menschliche Würde nicht zu verlieren, Insekten- und Pflanzenbeobachtungen zu. Aber es ist nicht Ernst Jünger, der das letzte Wort hat. Neben den sauber rechnenden und genau wägenden Intellektualisten tauchen je und je intuitive, Grenzen überschreitende, vulkanische Menschen auf: „Vor jedem guten Gefühl eines Menschen müßte man niederknien wie vor einem Heiligtum, wie vor einem Stern. Und müßte es schützen und wie ein brennendes Licht tragen. Und wenn es nur ein Fünkchen wäre, seinen letzten Atemzug müßte man hergeben, um es wieder zum Leuchten zu bringen“, sagt Marek Hlasko, ein Mensch und Dichter, der aus einem Land kommt, das die apokalyptischen Reiter nicht verschont haben und der alles andere als sentimental ist.

Das abstrakte Man und das persönliche Ich – Du

Die Intellektualisten der Vergangenheit und Gegenwart – Spinoza, Kant, Russell, Heidegger – können mit ihrem logischen Begriffsapparat in das Mysterium der Liebe nicht eindringen, wie Feinmechaniker mit ihren Werkzeugen nicht in die Unsterblichkeit der neunten Symphonie.

Kants Gedanken über die Ehe machen in ihrer theoretischen Wirklichkeitsfremdheit einen hilflosen Eindruck. Sein Fernsein von rein menschlichen Problemen, sein hölzernes Alleinsein äußert sich in der plumpen Aussage, die Ehe sei ein Pachtvertrag: „Die Verbindung zweier Personen verschiedenen Geschlechts zum lebenswierigen wechselseitigen Besitz ihrer Geschlechtseigenschaften". Der ehrenwerte Johann Fischl nennt in seiner „Geschichte der Philosophie" diese Feststellung Kants schamlos.

Im logischen Aufbau seines philosophischen Systems, in der Rigorosität der ethischen Forderungen war Kant ein genialer Riese, in der Gefühlswelt ein hilflos unwissendes Wesen, ein scheuer Mann. In seinen Werken findet sich der unglaubliche Satz, Liebe sei das „Gernerfüllen der Pflicht". Hier wird der große Erkenntnistheoretiker unlogisch. Pflicht gebietet dem Soldaten, den Feind zu töten; tut er das gerne, wird es niemand als Liebe bezeichnen. Liebe hat einen anderen Lebenspuls, sie gehorcht einem anderen Gesetz als Pflicht. Antigone übertrat die Staatsgesetze, vernachlässigte ihre Pflichten dem Bräutigam gegenüber, indem sie der Stimme ihres Herzens folgte und ihren Bruder bestattete. Liebe und Pflicht stehen öfter im Widerstreit als im Einklang. Dort, wo Liebe aufhört, muß Pflicht einspringen, damit ein Unwetter das schützende Dach der menschlichen Gemeinschaft nicht forträgt. Pflicht läßt sich vorschreiben, fügt sich in Imperative, Liebe flieht diese wie der Vogel den Käfig.

Einer der überragenden Intellektualisten der letzten Jahrzehnte, Martin Heidegger, hatte großen Erfolg mit seiner Philosophie als Ausdruck der Angstepoche der Kriegs- und Nachkriegszeit, in der der Europäer die Sicherheit des inneren und äußeren Lebens verlor. In seinen ethischen Auffassungen, in seiner germanischen Sorge um die Würde des Menschen ist er Ernst Jünger verwandt. „Du bist aus dem Nichts geworfen, hineingehalten in das Nichts, und die Grundstimmung deines Lebens ist Angst und Sorge", heißt es bei dem existentialistischen Philosophen. Er bleibt nicht im Negativen stecken; energiegeladen ruft er die Menschen auf, durch entschlossene Tat die eigene Existenz zu retten. Doch ich zweifle, ob dies auf dem Wege der Verweltlichung, allein durch den Willen, die menschliche Würde zu wahren, möglich ist. Hinter einem Drahtverhau von geschraubten Wortbildungen vermeidet Martin Heidegger das Wort Mensch. Anstelle dessen setzt er „Dasein" oder den gekünstelten Ausdruck „Jemeinigkeit". Der Mensch ist der „Hirte des Seins", der „Nachbar des Seins", durch den Heidegger das Sein selbst zu ergründen versucht.

Er vollzieht eine Entleerung aller inhaltlichen Beziehungen zur Welt, eine Ausschaltung des schöpferischen Akts, der souverän geistigen und emotionellen Kräfte. Das abstrakte, substantivierte, unpersönliche Man ist das Monogramm seiner Philosophie. „Das Man, das kein bestimmtes ist und das alle, obzwar nicht als Summe, sind, schreibt die Seinsart der Alltäglichkeit vor", lesen wir im Hauptwerk „Sein und Zeit". Auch Jean-Paul Sartre gebrauchte das substantivierte Man, allerdings in einem unterschiedlichen Sinne: als einen Sammelnamen für alle Schufte und Lumpen. Bei Heidegger ist es der entpersönlichte Mensch: wir genießen und vergnügen uns, wie *man* genießt; sehen, lesen und urteilen über Leben und Tod, Literatur und Kunst, wie *man* sieht und urteilt. Das Man ist der Niemand, die ausradierte Persönlichkeit, die die Maler durch die abstrakte Kunst veranschaulicht haben.

Es ist unvorstellbar, daß das leergesogene Man je einen Brief schreibt. Ich nehme an, daß es alle Beziehungen zur Umwelt, die Pflicht einen Dank zu erstatten, wie auch Verlobung und Entlobung, Behandlung von Patienten durch die Unpersönlichkeit des Telefons erledigt.

Mit dem Wort „Zeug" bezeichnet Heidegger alles, womit wir umgehen. Und die höchste Spitze, auf die das Zeugganze hinweist, ist der Mensch, das „Verweisungszentrum" der ganzen Welt. Der Begriff des Mikrokosmos als der göttlichen Welt im Kleinen, die im Makrokosmos eingebettet ist, verschwindet. Durch eine höhere Idee sind die Menschen weder untereinander noch mit einer transzendentalen Welt verbunden, alles versinkt in die graue Anonymität des Man. In der Fundamentalogie, in dieser Lehre vom Dasein als solchem, will Heidegger ein Wissen vom Menschen durch die Analyse seines Verhältnisses zum eigenen Selbst vermitteln. Doch wie genau auch jemand das eigene Selbst studiert, auf diesem Wege gelangt er nie zur Kenntnis des ganzen Menschen.

Martin Buber, der Gegenpol Heideggers, der ebenso schlicht und anschaulich wie jener umständlich und abstrakt ist, hat recht wenn er sagt: „Erst der Mensch mit dem Menschen gibt ein rundes Bild." In welchem Maße sich Heidegger vom gottbezogenen Menschen abwendet, in ebenso großem Maße spricht Martin Buber und auch Fedor Stepun gerade diesen an; in der kalten Phase des Krieges, in der die Haßmauern noch nicht niedergerissen worden sind, besitzt die reine vox humana des chassidischen und christlichen Philosophen, die beide gegen die Widermenschlichkeit kämpfen, große Anziehungskraft.

Martin Heidegger kommt zu uns mit einem in mühsamer Arbeit von Vernunft und Wille geflochtenen, lückenlosen Drahtverhau der Philosophie. Martin Buber dagegen, der erst in den letzten Jahren, da er bereits das Patriarchenalter erreicht hatte, wie eine Sturmflut in das Bewußtsein der Öffentlichkeit getreten ist (in Johann Fischls „Geschichte der Philosophie der Neuzeit" 1954 ist noch nicht einmal sein Name genannt), hat kein System aufgestellt. „Wer eine Lehre von mir erwartet, wird stets enttäuscht werden. Es will mir jedoch scheinen, daß es in unserer Weltstunde überhaupt nicht darauf ankommt, feste Lehren zu besitzen, sondern darauf, wirkliche Ewigkeit zu erkennen und aus ihrer Kraft gegenwärtiger Wirklichkeit standzuhalten." Er schaut Gott in jeder reinen Tat und weiß, daß der Acker der Menschheit, um eine Saat zum Keimen zu bringen, der Liebe bedarf. Er ruft Urkräfte auf, indem er Berührungspunkte des Christentums und des Chassidismus aufdeckt. Seine Philosophie ist seine Persönlichkeit, seine heile Echtheit.

Ähnliches läßt sich auch über Fedor Stepun sagen, den russisch fühlenden, westlich denkenden Philosophen, der zwischen dem egozentrischen, zur Mitteilung unfähigen, in sich versponnenen Individuum und der Persönlichkeit, die aus der Beziehung zum Du lebt, streng unterscheidet, und für den die christliche Lehre in folgendem Bibelwort verankert ist: „Und Gott schuf den Menschen ihm zum Bilde, zum Bilde Gottes schuf er ihn." Fedor Stepun weist darauf hin, daß die Gefahr für den Untergang weder im Westen noch im Osten liege, sondern in der Selbstentfremdung des Menschen. Es genüge nicht, gegenseitige Verständigung durch Konferenzen und Statuten festzulegen, wahres Verstehen muß man sich erlieben.

Nachdem ich Martin Heideggers „Sein und Zeit“ (1949) durchstudiert hatte, konnte ich ein Gefühl der Beklemmung nicht loswerden. Mir war, als stände ich auf einem wüstenleeren Platz, vor einem Gebäude mit der Aufschrift: Mühle. Da ich hungrig war und die Tür offen stand, trat ich ein. Ein sauberer, engbegrenzter Fabrikraum von bläulichfahlen, leblosen Lichtkörpern erhellt. Ein starr grinsender Homunkulus bedient die Maschinen. Aus mechanisierten Denkmühlen rinnt Papierstaub, der sich automatisch zu großen, weißgrauen Bogen fügt, die von der nächsten Maschine aufgeleckt und wieder zermahlen werden. So geht es immer weiter ohne Ende, das Zahnradwerk wird immer kleiner und minutiöser, bis es sich in einen winzigen, kaum sichtbaren Punkt wandelt und im Nichts verliert. Ein ununterbrochener, eintönig ratternder Lärm und keine tragende, sinnerfüllte Ordnung. Mit dem Geschmack von Staub auf den Lippen verlasse ich hungrig und durstig den öden Raum und bemerke erschreckt, daß am Himmel an Stelle der Sterne Neonlampen funkeln und an Stelle des Weltwindes winzige, aneinandergekettete Raketen um die Erde surren.

Wo immer im Evangelium das einfache urgewaltige Wort Liebe steht, da stoßen wir bei Heidegger auf den konstruierten Ausdruck: das fürsorgende Mitsein. Ist das Sein jeglichen Inhalts entleert, dann ist auch das Mitsein nicht inhaltsreicher. Null mal null ist null. Bei Martin Heidegger ist das Verhältnis des Menschen zu den Dingen vom Verhältnis zum Mitmenschen nicht sehr unterschiedlich: um die Dinge sorgt man sich, zum Menschen hat man ein fürsorgendes Verhältnis. Der Fürsorgende wendet sich dem Bedürftigen zu. Sollten sich tatsächlich in diesen dürftigen Beziehungen die menschlichen Wechselwirkungen erschöpfen, wäre es mit unserer Geisteskultur zu Ende. Obwohl Heidegger das Wort Fürsorge nicht im Sinne karitativer Betreuung gebraucht, – er bezeichnet damit auch Ablehnung, wie überhaupt jedes Verhältnis zum Mitmenschen, – sei hier doch ein Wort über die unpersönlichen Wohlfahrtsanstalten, die in unserer Zeit eine so große Rolle spielen, gesagt: man leistet dem Hilfsbedürftigen Beistand und bleibt ihm beängstigend fremd. Auf dem Wege der Wohlfahrt erreicht das Ich nie und nimmer das Du.

In den schwedischen Altersheimen wird vorzüglich für die im Leben nicht mehr aktiv Tätigen gesorgt. Trotzdem geschieht es immer wieder, daß die Alten zwangsweise mit Hilfe der Polizei in diese Anstalten abgeführt werden, wo es viel Fürsorge, aber keinen Hauch jener Zuneigung gibt, nach der sich der lebendige Mensch auch heute am meisten sehnt. Der alte Großpapa hat mehr Freude am zärtlichen Händchen seines Enkels als an einem modernen Radioapparat. Er setzt sich in einer engen Wohnung lieber der Gefahr der Ansteckung aus, als daß er in einem Raum haust, der von allen Bazillen und Gefühlen desinfiziert ist. Daß die soziale Versorgung zu seelischer Verarmung führt, hat Ivar Lo-Johanson, einer der sympathischsten schwedischen Schriftsteller, in seinen Büchern furchtlos aufgezeigt. Von einem anderen Standpunkt und auf eine noch grausamere Art tat das J. van Velde in ihrem Roman „Der große Saal“, wo die unabwendbare Folge von Alter, Krankheit und Tod eine ungeheure Dichte erreicht. Der schwedische Autor und die holländische Schriftstellerin decken den zwangsläufigen Automatismus öffentlicher Fürsorge auf, das lieblose Verhalten der Kinder, den grauenhaften biologischen Zerfall der Alternden, das würgende Gefühl des Alleinseins.

Der Leser kann, wenn es ihm beliebt, aus den genannten und ähnlichen Werken das Versagen des schöpferischen Ich folgern. Kinder läßt man zu Tausenden auf der Straße des Lebens verkommen und den Alten wirft man vor, daß der Tod immer wieder an ihnen vorbeigeht. Nichts bleibt dem Man als die Gewißheit, daß eine Stunde kommen wird, in der weder Eltern noch Kinder, weder Freunde noch Ärzte helfen können, die Stunde der unsagbaren Verlassenheit, das Ausgeliefertsein an die schwarze Grube.

Wie sich in Heideggers Philosophie das Dasein im Selbstsein erschöpft, so das Leben im Monolog; doch alles lebendige Leben ist Wechselrede. Ein Selbstgespräch ist Mittel zur Ichfindung und inneren Einkehr, ein ununterbrochener Monolog tötet den Sprecher wie den Lauscher, falls sich ein solcher zufällig findet. Das Ich kann sich selbst richten und aufrichten, es kann mit sich selbst Zwiesprache halten, aber es kann sich selbst nie und nimmer erlösen: niemand kann seine eigenen Lippen küssen.

Heideggers monologisches Dasein, seine Entschlossenheit zum eigenen Selbst, dieser verfeinerte Egoismus, verschließt den Weg zum Du.

Der heile, weltoffene Mensch wird zweimal geboren, einmal durch seine Mutter, das andere Mal durch das geliebte Du. Wer nicht geliebt hat, ist kein Ich, sondern ein Neutrum, ein Man, das niemandem gegenüber Verantwortung kennt.

Eine Zeit, die eine Philosophie wie die Heideggers hervorbringt, in der sich das konkrete Ich und das konkrete Du in ein abstraktes Man verwandelt haben, mußte auch die Scheußlichkeiten des Krieges und die Nachgeburt der Schrecken gleichgültig geschehen lassen.

„Der kriegsbesessene Widerfriede“ – um ein Wort Martin Bubers zu gebrauchen – kann sich nicht zum wahren Frieden wandeln, solange auf Konferenzen „das zuhandene Zeug“ zerredet wird und das Man nicht daran denkt, aus dem Sklavenstaat in Sibirien, der zweimal mehr Einwohner als Schweden hat, einen Delegierten dieser am härtesten Heimgesuchten zur Regelung der menschlichen und staatlichen Beziehungen aufzufordern.

Im Osten ist das Ich in der Masse verschwunden, im Westen im abstrakten Man. Beides ist eine Flucht vor dem du-bezogenen Ich als Mitarbeiter Gottes. Diesseits und jenseits des Eisernen Vorhangs hat der Mensch sein Gesicht verloren. Daß dies im Westen durch die Abstraktion geschah, soll eine wahre Anekdote illustrieren: Strawinskij reist über die italienische Grenze. In seinem Gepäck wird eine Zeichnung als „Skizze einer Festung" vom Zoll beschlagnahmt. Empört telegraphiert der russische Komponist an den italienischen Konsul, es handle sich nicht um eine Befestigungsskizze, sondern um sein von Picasso gezeichnetes Porträt!

Diesseits des Eisernen Vorhangs besteht kein Gesetz, das den Einzelnen zur Entpersönlichung zwingt, aber die einseitige Tätigkeit der Vernunft hat den Menschen innerlich ausgeraubt und ausgedörrt, in die Enge der Diesseitigkeit hineingepreßt. Vom Prinzip der Nützlichkeit verholzt, kann er sich weder zum kleinen Du, dem Mitmenschen, noch zum großen Du der Ewigkeit hinüberschwingen. Er sitzt fest im Käfig seines Ich. Die Dicke und Größe der Eisenstäbe hat er genau bemessen und berechnet, aber sein Odem ist zu kalt, sein Herz zu schlaff, um das Gitter zu sprengen.

Christus, Platon und die Mystiker

Die Liebe als höchsten Ausdruck persönlichen Erlebens hat das Christentum, dessen Wesen auf einer personalen Seins- und Wertordnung beruht, der Menschheit geschenkt. Der unwiederholbare Wert der Einzelseele steht im Zentrum der Lehre Christi. Nicht die gesichtslose Öffentlichkeit hat er angesprochen, sondern Maria, Martha, den Hauptmann zu Kapharnaum, den Jüngling zu Naim, die große Sünderin, die Tochter des Jairus, den Mondsüchtigen, den Einzelmenschen hat er aufgerufen, gesegnet, geheilt.

Christus ist gewissermaßen der Entdecker der menschlichen Person, und sie ist es, von der das Evangelium handelt. Nicht eine anonyme Frau, sondern Maria Magdalena mit ihrem herrlichen Haar und ihrem sündig brennenden Herzen beschenkt den angebeteten Gast – nur diesen einzigen – so verschwenderisch, daß Bild und Wort von Jahrtausenden nicht ausgereicht haben, die demütige Hingabe dieser Begegnung zu erschöpfen. Christus fühlte, daß Maria Magdalena durch die Fußwaschung zu ihrem Selbst zurückkehrte und daß die andere Maria den Tod des Bruders nicht verwinden konnte. Seine Liebe war menschlich, aber kein Mensch liebte wie er, hellsichtig und bedingungslos, bis ans Ende. Er wußte, daß das Weh der Mutter um den hingemarterten Sohn in der Einsamkeit untragbar wäre und daß der sanfte Johannes zu sehr an ihm hing, um allein die Trennung vom geliebten Meister zu überstehen. Von unendlich mildem Verstehen sind seine am Kreuz der Todesqual gesprochenen Worte. Indem er auf den Jünger, den er lieb hatte, wies, sagte er zu Maria: „Siehe, das ist dein Sohn." Darnach zu dem Jünger: „Siehe, das ist deine Mutter."

Die Schüler des Sokrates haben, mit Ausnahme von Platon, im Vergleich zu den Aposteln Christi kein eigenes Gesicht, sie sind Träger philosophischer Ideen. Platons Überwelt ist eine Ideenwelt im Gegensatz zur christlichen Überwelt, die eine Personenwelt ist.

Das Mitleiden ist nicht im Christentum begrenzt, auch die östliche Philosophie und Religion räumt ihm einen hervorragenden Platz ein. Im Hindustanischen gibt es das unübersetzbare Wort „Meta“, das mit dem gleichlautenden griechischen nichts Gemeinsames hat und das höchste Maß von Einfühlung bedeutet: Beim Anblick des Aussätzigen befällt den Mitleidenden die gleiche Krankheit. Die Maßlosigkeit der Einfühlung, ihre Ausschreitungen kennt man im Westen nicht in diesem Maße wie im Osten. Die Überlieferung berichtet von einem japanischen Asketen, der Ähnlichkeit mit dem heiligen Franz von Assisi hat, doch in seinen Mitleidsäußerungen geschmacklos wirkt. Von dem in der japanischen Kulturgeschichte bekannten Ryokwan wird erzählt: Er hatte ein zärtliches Mitgefühl für alle Lebewesen, selbst die Läuse, Stechmücken und Flöhe liebte er. Man sah ihn oft an einem der ersten warmen Tage im Winter damit beschäftigt, wie er seinen Läusen zu einem Sonnenbad und zur Bewegung in frischer Luft verhalf. Eine nach der anderen holte er aus seinen Kleidern hervor und beförderte sie an die frische Luft, setzte sie auf einen Papierbogen und legte diesen an die Sonne. Abends bei Einbruch der kühlen Witterung beförderte er sie in seine warmen Kleider zurück. Franz von Assisi dagegen musizierte auf Sonnenstrahlen. Daß er, der Bruder von Wasser, Sonne, Luft und reinigendem Feuer, mit Läusen wie mit Glasperlen spielte, können wir uns nicht vorstellen. In seinem Sonnengesang wird irdische Schönheit zu einer Tochter Gottes. Unsauberkeiten mit Christus verbinden, wäre Gotteslästerung. Das Schöne hindert nicht, das Unsichtbare wahrzunehmen, im Gegenteil – es schließt alle Zellen unseres Herzens auf. Wie wunderbar ist im Gegensatz zu dieser Läusegeschichte das von Weihrauch und Myrrhen umhauchte Bild der Fußwaschung!

Daß die Heiligen des Mittelalters Christus besonders nah zu sein glaubten, indem sie sich von Ungeziefer auffressen ließen und in ihrem eigenen Unrat saßen, hängt mit Mangel an Phantasie und Unverstand zusammen: Unabhängigkeit von äußeren Umständen wird mit Vernachlässigung des äußeren Menschen verwechselt.

Die Gleichberechtigung der Geschlechter und die hohe Bewertung der Frau nicht als Geschlechtswesen, sondern als ein vor bösen Gewalten zu beschirmender Quell des Lebens und Lichts, hat ihren Anfang im Evangelium. Freundschaft zwischen Mann und Weib, Liebe als höchste persönliche Zuneigung kam in die Welt durch Christus, der die Ehebrecherin vor den Tugendschnüfflern schützte.

Aus der Antike kennen wir hehre Beispiele von Männerfreundschaft, wie auch erotische Beziehungen zwischen männlichen Wesen, die Person an sich gilt wenig.

Platons Eros, dieser unabweisbare Dämon, weckt Sehnsucht nicht nach einem bestimmten, einmaligen Menschen, sondern nach dem Guten, Schönen und Wahren. Er richtet die Wünsche des Sterblichen auf einen höheren Gehalt. Daß man auch das Unvollkommene, ein sündiges und krankes Wesen, unendlich lieben kann, ohne selbst der Sünde oder Krankheit anheim zu fallen, ist Offenbarung des Christentums: Liebe keimt und reift, wo das Ich die sternenlosen Nächte des Du miterlebt, seine Unzulänglichkeiten, seine Gebrechlichkeit kennt und sich trotzdem zu ihm neigt und bei ihm ausharrt. Wer alle Gründe aufzählen kann, warum er jemand liebt, liebt überhaupt nicht.

Platons Eros ist ein Antrieb des vernunftbestimmten männlichen Strebens nach dem Unbedingten und nach Selbstvollendung. Der platonische Eros bezeichnet ewig unerfüllte, das heißt ewig sich steigernde Liebe: im ununterbrochenen Aufschwung vom Vollkommenen zu immer Vollkommenerem verzichtet der Mensch auf die Erfüllung dieses Aufschwungs von vornherein. Platons himmlische Schönheit lockt, fesselt und schreckt in ihrer Unerreichbarkeit den Sterblichen. In der christlichen Liebe dagegen sind die Liebenden trotz irdischer Lasten und Laster des ewigen Lichts teilhaftig. Das Ich, das mehr als nur sich selbst trägt, hält schon auf Erden den Schlüssel des Paradieses in der Hand.

Der Liebende ist immer unterwegs, und wer das Ziel erreicht zu haben meint, ist an den Anfang der Wanderung zurückgeschleudert. Den Anstoß zu dieser Bewegung kann entweder Bewunderung (platonischer Eros) oder Mitleiden (christliche Agape) geben, doch die höchste Liebe ist die Synthese beider – ehrfürchtiges Miterleiden, demütige Bewunderung.

In dem Maße, wie das Ich sich durch das Du zum eigenen Selbst und ewigen Licht wandelt, wie das Ich das Kreuz des Du hellsichtig erschaut und mitträgt, erfüllt sich das Mysterium der Liebe.

In der modernen, gottesfernen Welt sei von den Mystikern in England an W. H. Auden erinnert, der neue und traditionelle, soziale und christliche Elemente verschmilzt und der, wie manch anderer Idealist unserer Zeit, durch den Irrtum des menschliche Gerechtigkeit verheißenden Marxismus hindurchgegangen ist. Das Leben hat für ihn nur einen Sinn, wenn es ständig und unbedingt Gott einbezieht.

Von den Franzosen sei der von Dostojewskij beeinflußte, erdhaft verwegene, widerspruchslustige, pathetische Kämpfer Georges Bernanos genannt. Gleich dem Russen kennt er den Widerstreit Gottes mit Satan in der menschlichen Seele, doch für ihn gibt es nur einen einzigen Weg zu Gott – über die katholische Kirche. Er ist mit einem Gefühl für die schwärzeste Sünde, aber auch für das Übersinnliche und Gott geboren und will die verfaulten Strünke auf dem Acker unseres Lebens mit

Stumpf und Stiel ausrotten. Das Licht, das ihn im Augenblick seiner Erstkommunion erleuchtete, strahlt in sein ganzes Leben, auch in Ekel und Empörung, in furchtbaren Zornesausbrüchen und unbeherrschter Heftigkeit bis in seine Todesstunde. Von Gottes überwältigendem Mitleid zerschmettert, öffnen sich ihm – trotz Galle und Essig der absoluten Agonie – alle Breschen in den Himmel. Die Angst vor dem Tode jagt wie eine Furie durch seine Werke, aber nach dem Tode ist ewiger Morgen.

Wie unausrottbar die *unio mystica* im Menschen ist, erfahren wir aus den spärlichen Literaturbrocken, die aus Sowjet-Rußland, wo den Bürgern seit vierzig Jahren der Atheismus aufgezwungen wird, zu uns dringen. Hier sei nur an den Roman Boris Pasternaks erinnert.

Die wahrhaft Liebenden bewahren unser Leben vor dem entfärbenden Gift der Gleichgültigkeit. Sie sind unsere Wegweiser, durch ihre seelische Spannkraft wie durch das Zuendegehen des einmal gewählten Weges. Die größten Feinde schöpferischer Liebe sind Halbheit, Mittelmäßigkeit, Lauheit. Wie die Liebe zu Gott, so führt die Liebe beider Geschlechter, die Mutterliebe, Vaterliebe, Freundesliebe durch Ursprünglichkeit, Souveränität und Bedingungslosigkeit, getragen vom tiefen Bewußtsein der letzten Einheit, zum eigentlichen numinosen Ursein. Mit einem Teil seines Wesens kann man sich für einen Menschen interessieren; ein Du lieben kann man nur mit dem ganzen ungeteilten Ich. Einer der größten mystischen Dichter aller Zeiten, Dante, beschwört uns: „Lernet lieben", aber leider weiß der Pilger, der Hölle, Läuterungsberg und Himmel durchwandert hat, nicht zu sagen, wie das zum menschlichen Leben Notwendigste zu erlernen wäre. Ebenso könnte man Musiker zum Erfinden einer Melodie aufrufen. Wer Liebe aus dem inneren Sonnenreichtum seiner Phantasie verstrahlt, wie Tschaikowskij

Melodien in seine Musik, ist unsterblich und hat die Grenze zwischen Erde und Himmel, Körper und Seele, gering und groß aufgehoben.

Mit der Liebe ist es wie mit einem Talent: man kann es verkümmern lassen, tottreten, man kann es pflegen, entwickeln, steigern; fehlt aber die Gnade, ist alle Mühe, alle Willenstat vergebens. Alles durch Gewalt Erzwungene geht zugrunde, alles durch Liebe Erschaffene lebt ewig.

Christus lehrte die Liebe zum Nächsten. Der Mitmensch ist das Kernstück der christlichen Kultur, aber der Mensch ist seinem Wesen nach so vielfältig und eigenwillig, daß er es fertiggebracht hat, am Problem der persönlichen Liebe vorbeizugehen und trotzdem Christ zu sein. Und Vorbeigehen ist nicht dasselbe wie Entsagen. Ein solcher auf einem Auge blinder Christ war Nikolaj Gogol, ein Mystiker mit verbrennendem Lachen, ein egozentrischer, ständig in seiner Einsamkeit frierender Mönch und Aristophanes in einer Person. Die Pilgerfahrt nach Palästina verscheuchte nicht seine Angst vor dem Tode und vor dem Grinsen des Teufels. Sein Hauptwerk „Die toten Seelen“ ist schon dadurch ein Unikum, daß in dem fesselnden Roman kaum eine Frau figuriert. In den anderen Werken stoßen wir hier und da auf eine Karikatur weiblicher Wesen oder auf Abstraktionen: die Schöne, die Hexe, nirgends aber auf eine Frau von Fleisch und Blut. Im persönlichen Leben soll er nie die Liebe einer Frau gekannt haben, so berichtet die Literaturgeschichte; allein auch der gewissenhafteste Biograph kennt nur einen Teil der zu erforschenden Innenwelt und niemand sagte noch die ganze Wahrheit über einen Menschen aus. Falls es im Jenseits Bücher gibt, wird mancher Dichter seine von Spezialisten geschriebene Biographie wie einen Bericht über eine ihm ganz fremde Person lesen, die nur einige gemeinsame Züge mit ihm hat. Wie entsetzlich verlassen Gogol sich gefühlt haben muß, läßt der Mord am Kinde seines Geistes ahnen: indem er den zweiten Teil der „Toten Seelen" verbrannte, vernichtete er sich selbst.

In unserer Zeit gehört zu den religiösen, aber liebefernen Dichtern Reinhold Schneider, der in seiner Autobiographie und seinen anderen Werken das erotische Motiv konsequent meidet und durch Selbsterkenntnis sich vom Leben löst. Die Familie ist ihm geheiligt, doch „außerhalb der Familie wird der Eros vernichtet von dem Problem der Wahrhaftigkeit", heißt es im „Verhüllten Tag". Dichterische Sprachgewalt, historisches Wissen spricht aus seinem Essay „Das Leiden des Camões". Camões sucht das Leiden in allen Formen der Liebe, er ist der Träger des unübersetzbaren, alles in sich einsaugenden, portugiesischen Wortes Saudade – Sehnsucht, die ins Grenzenlose und Unerreichbare drängend, der Ausdruck gänzlicher Unzufriedenheit mit der Welt ist. Reinhold Schneider erwähnt in seinem dem portugiesischen Dichter gewidmeten Essay nur vorübergehend das dreizehnjährige Mädchen, das Camões mit einundzwanzig Jahren traf, „die geliebte Feindin", von der sich zu befreien ihm Frevel dünkte. Reinhold Schneider bemerkt, die portugiesische Venus habe den Schleier der Wehmut in ihren Augen und Tränenspuren auf den Wangen. Aber von der Begegnung des Camões mit der Venus erfahren wir kaum etwas. Die feinsten Schwingungen seiner Seele, die das Individuum von allen übrigen Mitmenschen unterscheidet, das Kostbarste und Schmerzlichste, seine Liebe und sein Geliebtwerden, wird in diesem Essay, wie auch in den anderen Werken des „Soldaten Christi", übergangen.

Reinhold Schneider hat, wie jeder große Dichter, nach eigenen Gesetzen sein einmaliges Weltbild geprägt, wie jeder Mensch hatte er seine irrationale Lebensform in sich, und das Eigenartige ist, daß er dem schrecklichsten und schönsten Dämon keinen Platz eingeräumt hat.

Man kann in unserer chaotischen Zeit Vernunft nicht hoch genug preisen; in den Problemen des praktischen Lebens hat sie immer recht, aber für die letzten Fragen, die Fragen von Liebe und Tod, reicht sie nicht aus.

Wie Gott mit dem Verstande weder beweisbar noch widerlegbar ist, so auch die Liebe. Alle großen Liebenden sind Mystiker, und umgekehrt, alle Mystiker – Liebende. Gertrud von le Forts „Hymnen an die Kirche“ sind glühende Liebesgedichte:

> Ich bin an dich hingegeben
> als je und je dir zugedacht,
> du hüllst mich ein wie Licht und Leben
> mit ursprungtiefer Liebesnacht.

Die Liebe zu Gott wie zu einem Menschen ist das große Wunder, das man staunend hinzunehmen hat.

Der Mystiker erfaßt Gott wie der Liebende den Geliebten unmittelbar durch Intuition. Mystik ist ein weltunabhängiges Sich-Einsfühlen mit Gott, und dieses Gefühl kennt jeder wahrhaft Liebende. Wie in der Liebe, so ist in der Mystik wesentlich: der Einzelne erfährt in einem unmittelbaren Erlebnis, daß das Übersinnliche ihm innewohnt und ihn mit dem lebendigen Hauche des Geistes durchdringt.

Ohne Liebe bin ich ein Niemand, ein ununterscheidbares Etwas, Staub und Asche. In der Liebe opfert sich der Liebende für den oder das Geliebte, und Opfer ist ein freudig verbranntes Geschenk, das keinen Nützlichkeitswert hat und keinen Dank beansprucht. Aber schenken kann nur, wer hat, und opfern – nur der Reiche.

Die Bekenntnisse des heiligen Augustinus, eines gejagten Menschen, sind unsterblich durch das Kunstwerk seines Lebens: er bändigte sein maßloses sinnliches Temperament und wandelte sich zu einem der ewig-christlichen Menschen. In seiner dynamischen Geistesleidenschaft war er jeglicher Weltflucht fremd, und was er vor anderthalbtausend Jahren über die Liebe schrieb, ist Seelennahrung noch heute. Die Liebe „hat über allem, was die Notwendigkeit des vergänglichen Lebens mit sich bringt, zu leuchten, weil nur sie ewig bleibt. Nur durch die Liebe unterscheiden sich die Kinder Gottes von den Kindern des Teufels".

Die Liebe ist ihm Richtschnur für das Essen, für das Reden, für die Kleidung, für das Benehmen. „Die Liebe verletzen, heißt Gott verletzen. Was die Liebe verletzt, darf keinen Tag andauern". Wer die Liebe hat, der ist aus Gott geboren und zu dem darf man sagen: Liebe und tue dann, was du willst.

Augustins Liebesweisheit ist zeitlos, denn er dachte mit dem Herzen und hat nicht gelehrt, sondern entzündet.

Bald nachdem der sechsundsiebzigjährige Bischof von Hippo dieser Erde entrückt war, stürmten die Vandalen die ein Jahr lang belagerte Stadt und machten sie dem Erdboden gleich. Nur der Quell seiner großen Liebesfrömmigkeit blieb unversehrt und strömt bis in die Neuzeit: Der Mensch ist, was er liebt, nicht, was er denkt.

In dieser Erkenntnis begegnen sich die Mystiker und die Liebenden aller Zeiten.

Allein, wie zeitenüberdauernd und wegweisend auch die Persönlichkeit Augustins ist, so dürfen wir selbst ihn nicht als vollkommen hinstellen. Leben und lieben waren für ihn Synonyme, trotzdem hat er in gewissen Fällen die Anwendung von Zwang nicht verabscheut: „Vielen nützt es, zunächst durch Furcht oder Schmerz gezwungen zu werden, damit sie später belehrt werden können." Daß er diese Worte nicht nur geschrieben, sondern sich an sie gehalten hat, daß er den Weg der Intoleranz den Ketzern gegenüber anerkannte, ist mir ebenso unbegreiflich wie die Tatsache, daß Marc Aurel, der Gütige, der Menschenfreund auf dem Kaiserthron, nach dem alten Reskript Trajans die Christenverfolgung in Lyon 177 zuließ. Für ihn waren und blieben die Christen religiöse Sektierer. Augenscheinlich ist kein Mensch auf Erden ohne Fehl und Makel, und wäre er es, bedürften wir nicht der himmlischen Vollkommenheit. Selbst das geniale Auge ist in einigen Punkten blind, der Menschenfreund hetzt den Bruder in den Tod, der Gerechte fällt ungerechte Urteile, und der Liebende verbirgt in seinem Herzen einen dunklen Satanswinkel.

Die Mystik, die man nicht mit okkulten Erscheinungen, Tagträumen und Hysterie verwechseln darf, ist nicht eine Krankheit, wie man es in den Enzyklopädien des vorigen Jahrhunderts liest; sie gehört zum normalen religiösen Leben und ist eines Wissenschaftlers nicht unwürdig, wie das Schopenhauer behauptete (obwohl er in seiner Philosophie auch der Mystik einen Platz einräumt), sie ist auch nicht ein Gebiet, auf dem man „weniger gründlich zu lernen braucht", wie Goethe meinte, sie ist unmittelbare Schau göttlicher Wahrheit, ein Aufleuchten von Einsichten, die auf intellektuellem Wege unerreichbar und vernunftsmäßig unwiderlegbar, aber nicht vernunftswidrig sind.

In diesem Sinne ist alle große Liebe, die höchste Form des Ich-Du-Bezugs, Mystik. „Mein Geist muß sich zum Ursprung kehren", heißt es in einem Lied von Gerhard Tersteegen. Die Mystik, die in unsere tiefste Seelenschicht reicht, ist wie die Liebe unmittelbar, sie entzieht sich genauer Wiedergabe, da sie direkt erfahren wird.

Der heilige Franz von Assisi hat in seinem Wunschgebet, ein Werkzeug des Friedens zu werden, die sternenbewegende Kraft für alle Zeiten zum Ausdruck gebracht:

Herr, gib mir die Kraft, daß ich nicht suche geliebt zu werden,
sondern von Herzen die anderen liebe.
Denn indem ich gebe, empfange ich,
indem ich mich vergesse, finde ich mich.

In seinen geistvoll dunklen Schriften sieht Franz Xaver von Baader den Ichbezug auf dreierlei Weise: im Akte des Gewissens (in ihm weiß sich das Ich von einem anderen gewußt); im Akte des Betens (in ihm vollzieht sich der Dialog zwischen Ich und Gott); und im Akte der Liebe. Die Einswerdung mit Gott, die Fähigkeit, das Transzendente durch Abkehr von der Sinnenwelt und Versenkung in das eigene Innere zu erfassen, das Aufgehen des Ichbewußtseins in Gott, die *unio mystica,* führt uns zum Geheimnis der Liebe und ist als ein bei allen Kulturvölkern anzutreffender Urtrieb das allverbindende überirdische Licht, das uns aus dem chinesischen Taoismus, aus der vergeistigten Mystik des Buddhismus, dem griechischen Platonismus entgegenleuchtet und uns zu Bernhard von Clairvaux, zu Mechthild von Magdeburg und weiter zu Bergson, Péguy, Unamuno, Fedor Stepun im Westen, zu Dostojewskij, Mereschkowskij im Osten, zu Ramakrishna und Vivekananda in Indien, zu William James in Amerika und zu anderen führt, die jenseits von nationaler und historischer Grenze Seelenadel verbindet und die mit Léon Bloy die höllische Qual kennen, „ohne einen Schweinerüssel in einer gottlosen Gesellschaft zu leben".

„Der Quell wahrer Religion ist die Mystik; wo die Mystik verschwindet, vertrocknet die Religion und verwandelt sich in theoretische Haarspalterei", heißt es im „Chaosmenschen" von Konstantin Raudive.

Walter Nigg ist ein Mann, um dessentwillen man die Schweizer lieben muß. Für ihn ist der wahre Künstler, der Prophet, ein Bote Gottes. Er hat die Anti-Intellektualisten, die Pilger, Ketzer, Heiligen und Mönche dem modernen westlichen Menschen nahegebracht, wie das Mereschkowskij als östlicher Mensch in einer noch inbrünstigeren Art getan hat.

Die ewige Liebe

Nicht die Lust des Fleisches, nicht der Fluch der Sinnlichkeit, nicht die tierhaft jagenden Formen der dumpfen Begierde und ihr unverstandenes Grauen, nicht des „Blutes Neptun", der wild und blind im Menschen rast, nicht die aufgesparten und unausgelebten Triebe der Ahnen, nicht die dunklen, den Lebenskeim bewahrenden Mächte, nicht das von Homer gepriesene Paradies der Ehe, nicht die Ehe als Hölle, die Strindberg mit zwei Worten brandmarkt: „Gegen Bezahlung", – ist das Thema meiner Meditation, sondern die Urkraft, das höchste menschliche Gefühl, das in den gegenseitigen Beziehungen beider Geschlechter wie in der Freundschaft gleichgeschlechtlicher Wesen, und in der leidenschaftlichen Sehnsucht nach Gottes Nähe zum Ausdruck kommt.

Dem Menschen sind drei Möglichkeiten gegeben, sein Leben auf sinnvolle Weise zu erfüllen: schöpferische Hingabe an ein Werk, an einen Menschen, an Gott.

Viele Männer kennen die Liebe nicht, sie sind vom Satan des Ehrgeizes besessen; viele Frauen kennen die Liebe nicht, sie sind gefangen vom Spiegelbild des eigenen Ich.

Nicht die Liebe ist heute wertlos geworden, sondern der Mensch unserer Zeit ist liebeblind und liebetaub. Wie tauben Ohren vorgespielte Symphonien nicht an Wert verlieren, so hat die Liebe dadurch, daß man sie mit dem Sexualtrieb verwechselt, nicht an Urkraft eingebüßt.

Aus Liebe sind Welten erbaut. Sie ist Urform und Prüfstein aller großen Kunst, auch der größten – des Lebens.

Aus Haß und Verachtung ist kein unsterbliches Meisterwerk entstanden. Alle große Kunst von den ägyptischen Hieroglyphen bis zu Gustav Mahlers Totenliedern ist ein Suchen nach menschlicher Verständigung, Kommunikation mit dem Nächsten und Fernsten. Das Genie ist ein Wesen, das den Elendesten unter den Elenden erblickt und ihm seine Stimme verleiht und zum dunkelsten Verbrecher den Weg findet. Die Kunst, die dem Leben den Rücken wendet, ist nicht von Dauer. Auch an der Wiege manch wissenschaftlicher Erfindung stand die Liebe. Frederic Banting wuchs auf einer einsamen Farm in Kanada auf und war untröstlich, als seine heißgeliebte Spielgefährtin Jannie an Diabetes qualvoll hinsiechte. Er studierte Medizin und schwor sich, nicht eher zu ruhen, bis er ein Gegengift zur Bekämpfung der schauerlichen Krankheit gefunden habe. Das von ihm erfundene Insulin konnte Jannie nicht wieder beleben, doch Millionen von Zuckerkranken, die von ihrem Wohltäter nichts wissen, werden durch sein Präparat gerettet.

Wie der Dichter schreibt, damit man ihn liest – ich kenne keinen, der die Schublade dem Verleger, das heißt die Antwortlosigkeit dem Widerhall vorzöge – so lebt der Nicht-Dichter, um zu lieben und geliebt zu werden. Das Gegenteil behaupten vom Leben Ausgeschlossene, Heuchler und Selbstmörder.

Es gibt Münzensammlungen und Waffensammlungen aller Art, die von der Kulturstufe eines Zeitalters und Volkes zeugen, leider aber kein Museum für die vielgestaltigen und mannigfaltigen Arten der Liebe. Das größte wäre zu klein, wie die Erde selbst zu klein ist – für erfüllte Liebe. Die Phantasie der Dichter hat sich zu helfen versucht, indem sie die Vollentfaltung des Gefühlslebens in den Himmel versetzte. Dantes Vereinigung mit Beatrice vollzieht sich im Lichtstrom der Sonne und Sterne. Gretchen wird im Himmel für alle Kerkerqualen belohnt; Senta erwartet ihren fliegenden Holländer im luftigen Wolkenparadies. Schön sind diese Bilder in der Oper; um ein Leben zu erfüllen, taugen sie wenig. Was liegt an der Ewigkeit, wenn wir diese nicht in irdische Grenzen bannen?

Wie vielgestaltig auch das Erlebnis der Liebe ist und in wie großem Maße jedes Individuum ihm seine einmalige Prägung gibt, der Kern rundet sich in der Selbstaufgabe, die zur Selbststeigerung und Selbsterfüllung führt. Der Schwan kann – wie jeder Wasservogel – kaum daß er geboren ist, schwimmen; der Mensch dagegen bewegt sich unbeholfen stolpernd im Menschenmeer. Er wird ohne die Kenntnis des Du, auf das er sein Leben lang angewiesen ist, geboren. Der unbekannte Du-Kontinent des Kindes, des Ehepartners, des Geliebten, des Freundes, entsteigt den undurchdringlichen, grauen und gefahrdrohenden Fluten durch die Zauberkraft der Liebe. Fehlt diese, schlagen die Wellen der Fremde als ödes Getöse über ihm zusammen.

Je mehr die Person sich zur Persönlichkeit entwickelt, desto schwerer der Zugang zu ihr. Auch der Menschenkenner erfaßt nur die hervorstechenden Eigenschaften, Fähigkeiten, Unzulänglichkeiten und Schwächen. Es kommt immer zu Vereinfachungen und Typisierungen, das heißt genau zum Gegenteil dessen, was die Persönlichkeit ist. So wälzen sich Fehlurteile in der Literatur und Weltgeschichte von einem Buch ins andere. Irgendein Skribent nennt den Schöpfer der Winterreise „das fröhliche Franzerl“, und diese Banalität wird mechanisch wiederholt, aus Bequemlichkeit harthörig, kaltherzig und oberflächlich geht man an der Tragik seines Lebens und seiner Musik vorbei. Irgend jemand prägt den Satz vom „zersetzenden“ Dostojewskij, und Leute, die den Schriftsteller gelesen und auch solche, die ihn nicht gelesen haben, hängen an diesem Satz wie an einer sturmläutenden Glocke.

Den Kern der Persönlichkeit entdeckt der sich liebevoll vertiefende Blick. Um über die Bestandteile und die Verwendbarkeit eines Steins zu urteilen, genügen Kenntnisse und Aufmerksamkeit; um ein Du zu erfassen, bedarf es zweier Dinge, die heute selten vereint anzutreffen sind: der Hingabe und des Wagnisses. Weder eine Person noch weniger eine Persönlichkeit kann man restlos erkennen. Man kann sie nur erfühlen und das Erfühlte vernunftsmäßig formulieren. Die Person Jesu enthüllte sich nicht Theologen, die alle Aussprüche des geschichtlichen Jesus unter die Lupe genommen haben, sondern seinen Jüngern, und allen, die ihn liebten und seinem Leben nachlebten – vom Apostel Johannes bis Wladimir Solowjew, von Giotto bis Rembrandt. Das innerste Wesen läßt sich nur *sub specie amoris* herauslesen.

Die Liebe erlöst aus dem stummen Alleinsein, in das das Ich hineingeboren wird.

Wir verstehen nur den Menschen, mit dem wir uns identifizieren, und wir identifizieren uns nur mit einem geliebten Wesen. Unfertig in eine fremde Welt hineingeboren, erfassen wir von dieser, von all den Ländern,

Völkern und Menschen nur das, was wir lieben; somit ist die Liebe das Lebensproblem überhaupt. Im alltäglichen Leben können wir immer wieder beobachten, daß man über geliebte Dinge und Menschen treffend urteilt, dagegen eng und ungerecht ist, sobald es sich um Fremde handelt. Für die eigene Familie und vor allem für die eigenen Kinder hat man einen anderen Maßstab, als für die Nachbarn und erst recht für den Zugezogenen, den Andersstämmigen und Andersgläubigen.

Alle Menschen gleichermaßen zu lieben ist unmöglich. Selbst Christus konnte das nicht, ihm war Maria lieber als Martha, und Johannes zog er seinen anderen Jüngern vor. Doch es sollte unser Ziel sein, gleich ihm das Menschliche, das heißt den Gottesfunken in jedem Menschen zu suchen.

Die Liebe zu einem Menschen ist viel mehr als die Hochschätzung der von ihm verwirklichten Werte. Der prüfende Blick erkennt die empirische Persönlichkeit mit ihren Gaben und vielfachen Verfehlungen, sozusagen die Schale; der liebende Blick erschaut den verhüllten Kern.

Die Treue des Knechtes hängt von der Größe des Trinkgeldes ab, die Treue des Freundes von der Größe des Vertrauens. Wer dem Du seine Schwächen nicht verbirgt, erzeugt dadurch ein Gefühl der Verbundenheit, nach der sich jedes menschliche Wesen sehnt, um nicht so furchtbar allein zu sein. Das meinte Dostojewskij, als er sagte: „Du aber liebe mich, auch wenn ich schmutzig bin; denn wenn ich weiß gewaschen wäre, dann liebten mich ja alle.“

Das Leben lenkt auch die Größten von ihrem eigenen Wesen und Weg ab. Wir können unser Leben erfüllen oder verfehlen, ein ununterbrochenes Erfülltsein, sich ständig auf dem höchsten Gipfel zu halten ist auch den Größten hienieden nicht bestimmt; vielleicht kennen es die Abgeschiedenen, vielleicht aber müssen auch sie sich noch weiter wandeln.

Der liebende Blick durchstößt die Wände des Alltags, der Verkleidung, der Eitelkeit und Scheu und sieht das Wesen des Menschen im eigenen Licht wie in seiner eigenen Nacht. Je mehr wir den Mitmenschen oder einen schöpferischen Geist lieben, desto kleinere Zeichen genügen, um ihn zu erfassen. Am Schritt erkennen wir den herbeigesehnten Gast und lesen in seinen Augen Verzweiflung, noch ehe er von ihr gesprochen. An ein paar Takten erkennen wir Schuberts Musik, an ein paar Zeilen Tolstojs Text, ohne sagen zu können, worin diese unverwechselbare Einmaligkeit besteht.

Der liebende Blick entzündet das unter der Asche des Alltags und eigener Schwäche erstickende Feuer. Und jedes Licht braucht einen Leuchter.

Im Widerspiel von Lieben und Geliebtsein liegt die höchste Sinngebung des Menschenlebens. Liebe, die nicht verwandelt, ist schlaff. Wahre Liebe macht den Menschen zum Wunder der Schöpfung.

Die reinsten Freuden des menschlichen Lebens – Musik, Dichtkunst, Malerei, Natur – werden durch das Zusammensein mit dem geliebten Du zu kosmischer Schönheit gesteigert.

„Ich liebe dich unendlich", jeder Liebende spricht einmal diesen Satz. Wo das Bewußtsein der Unendlichkeit fehlt, fehlt das wahre Erlebnis der Liebe. Wir hängen nicht ängstlich an der verschwindenden, dem Wandel von Alter und Krankheit unterworfenen Gestalt, in wahrhafter Liebe lieben wir das Einmalige im Menschen, das Absolute, den Abglanz des Glanzes Gottes, der durch alle Jahre der Veränderung der gleiche bleibt. Ich hege keine sonderliche Verehrung für Böcklin, aber ein Bild von ihm kann ich nicht vergessen: ein Ehepaar, zwei alte, durch lange Jahre des Ineinanderseins ähnlich Gewordene, schauen im Herbst ihres Lebens auf ein blühendes Tulpenbeet. In ihrer Liebe zueinander ist immer noch Frühling.

Wahre Liebe ist nicht ein berauschender, verfliegender Duft, sie ist ein unauslöschliches, selbst durch den Tod nicht zu vernichtendes Siegel.

Die Silberhaarigen und die Entsagenden

Es ist nicht wahr, daß die erste Liebe die tiefste ist; wie alles Lebendige, so kennt auch die Liebe ein Knospen, Blühen und Reifen. Wenn die Zahl der Jahre den ganzen Menschen läutert, wie sollte da nicht eine Silberliebe verklärter und inständiger sein als die der Sturm- und Drangperiode.

Bei Puschkin heißt es, der Liebe seien alle Jahrgänge untertan, und dieses Motiv überrauscht in Tschaikowskijs Gremin-Arie Zeiten und Völker.

Verdi mußte vierundsiebzig Jahre alt werden, um den Irrsinn der Eifersucht im Othello zu verewigen.

> Schon rast's und reißt's in meiner Brust gewaltsam,
> Wo Tod und Leben grausend sich bekämpfen.

Goethe war, als er diese Zeilen schrieb, im Gefühl, Paradies und Hölle zu betreten, vierundsiebzig Jahre alt, und Ulrike von Levetzow, der die Marienbader Elegie gewidmet ist, war siebzehn:

> Der Kuß, der letzte, grausam süß, zerschneidend
> Ein herrliches Geflecht verschlungner Minnen.

Das Entsagenmüssen steigert das Gefühl ins überweltlich Große. Ibsens poetisch scheue Liebe zu einem vierzehnjährigen jungen Mädchen gebar den „John Gabriel

Borkman“. Beim Erscheinen dieses Werkes zählte Ibsen achtundsechzig Jahre.

„Unter der schimmernden Oberfläche wühlt ein Chaos.“ Fjodor Iwanowitsch Tjutschew, von dem diese Worte stammen, erlebte auch erst als Silberhaariger die ganze Seligkeit und Dämonie der Liebe. Als Diplomat war er lange Jahre in Deutschland tätig, heiratete eine deutsche Gräfin, nach ihrem Tode eine deutsche Baronesse. Beide sprachen bis zu ihrer Heirat nicht ein einziges russisches Wort, und die Sprache seines Herzens verstanden sie nie. Als er fünfzig Jahre alt war, entbrannte sein Herz für die Erzieherin seiner Töchter, die schöne Russin Frau Denisjewa, die er vierzehn Jahre lang, das heißt: bis zu ihrem Tode liebte, ohne sie zu ehelichen. In den aristokratischen Kreisen, in denen er verkehrte, nahm man ihm sein Verhältnis sehr übel. Er kannte die dunkle Wurzel des Lebens, unmenschliche Stunden, taubstumme Dämonen, die über unser Schicksal verhandeln. In ihrer unmittelbaren Offenheit und Urkraft gehören seine Gedichte mit dem Leitmotiv: den am tiefsten geliebten Menschen stürzen wir in den tiefsten Abgrund, zu den schönsten der russischen Literatur. Selbstqual, Selbstvorwürfe, Zwielichtigkeit, Verlassenheit wechseln mit der Glut der Leidenschaft, und sein mystisches Gefühl wird durch den Tod der Geliebten vertieft. Von der urrussischen Lyrik Tjutschews sagte Tolstoj, der sich im allgemeinen aus Lyrik wenig machte, das seien Gedichte, ohne die man nicht leben könne.

Die Spaltung in Individuum und Welt wird in der Liebe, in mystischer Entrückung und im Tod aufgehoben.

Die Liebenden erfühlen neu die Erde und Übererde, nicht nur das leibliche Leben setzen sie fort, auch im Seelischen und Geistigen sind sie Ausbruch aus der Mittelmäßigkeit und höchste Steigerung.

„Nirgends, Geliebte, wird Welt sein, als innen."

Mehr als an Kathedralen und Symphonien, mehr als an unsterblichen Kunstwerken richtet sich unser Vertrauen an Liebenden auf. Die Liebe macht im kleinen Leben das Große sichtbar. Der Liebe Ozean ist so unendlich, daß sich in ihm selbst der Verzicht bereichernd auswirkt.

Wer eine Liebe in sich verschließt, des Antlitz leuchtet in überirdischer Schönheit. Rainer Maria Rilke hat die reine Dauer der Liebe, die auch getrennt vom Objekt währt, gerühmt, die unvergängliche Schönheit der Verschmähten besungen: „Chartres war groß –, und Musik reichte noch weiter hinan und überstieg uns", doch noch bewundernswerter seien die Entsagenden, für ihre Rühmung reiche sein Atem nicht aus. Im Vergleich mit den Geliebten und Bevorzugten sind die Zurückgesetzten, zum Verzicht Gezwungenen oder auch freiwillig Verzichtenden die reicheren. Wie im Malte, so in den Elegien verneigt er sich vor Frauen, die zur Liebe geboren, in der Liebe Erfüllung nicht fanden. Ihre Namen allein, Symbole leidreich erfüllter Schicksale berauschten ihn: Marianne Alcoforado, Héloise, Louise Labé, Julie des Lespinasse, Gaspara Stampa. Er kannte nicht Ellen Belfrage, sonst hätte er wohl ihr zum Ruhme den schönsten Kranz gewunden. Verner von Heidenstam, der klassische, idealistisch-heroische Dichter, der das schwedische Nationalgefühl erneuerte und zu dessen weißem Haus auf dem Berge am Vättern Schweden und Touristen pilgern, war verheiratet, neunundzwanzig Jahre alt und erlebte den ersten Glanz der Berühmtheit, als die fünfundzwanzigjährige Ellen Belfrage seine Geliebte wurde. Aus den aufbewahrten Photographien schaut uns ein kindlich reines, edles, intelligentes Gesicht mit großen aufmerksamen Augen an. Tochter eines Kammerherrn Oscar II. war sie für jene Zeiten eine ungewöhnlich gebildete Frau. Sie hatte ein Lehrerseminar absolviert und sich im pädagogischen Fach in Deutschland, Frankreich und in der Schweiz vervollkommnet. Fließend sprach sie mehrere Fremdsprachen und antwortete auf die ihr gewidmeten Gedichte Heidenstams in Versform. Für den kalten und klaren, ichbesessenen radikalen Ästethen, eine polygame Natur, war diese Liebe eines seiner vielen romantischen Abenteuer, für Ellen Belfrage – Lebenserfüllung. Die kurzen heimlichen Begegnungen erstreckten sich nur über drei Jahre. Als Ellen ein Kind Heidenstams unter dem Herzen trug, weihte sie niemand in ihr Geheimnis ein, allein fuhr sie nach Frankreich zu einer Freundin, um einem Sohn Heidenstams in Rouen das Leben zu schenken. Auf die Nachricht von der Geburt des Kindes antwortete er: „Das erste Kind ist der Tod der Liebe." Er kümmerte sich nicht um seinen Sohn. Sie aber sprach von ihm zu ihrem Kinde, als sei er ein Heiliger und bewahrte bis zum hohen Alter – sie starb 1955 als Zweiundneunzigjährige – diese verschwiegene, ihren Weltinnenraum erfüllende Liebe. Er hat seine Liebesbriefe von Ellen Belfrage zurückgefordert, feige die eigene Schwäche verbergend, nur wenige haben sich im Original und im Tagebuch aufbewahrt, das erst 1960 fragmentarisch in die Öffentlichkeit gedrungen ist und nicht eine einzige Anklage gegen den Geliebten enthält. Verner von Heidenstam verkehrte auch ferner mit der königlichen Familie, jedoch Ellens „Fehltritt" wurde als eine so große Schmach angesehen, daß ihre Schwester – eine Hofdame der Königin – vom Hofe vertrieben wurde. Wie ein weiblicher Ahasverus hetzte Ellen Belfrage nach dem endgültigen Bruch mit Verner von Heidenstam von einem Land ins andere, von Schweden nach Dänemark, von England nach Amerika. Sie verdiente sich ihr tägliches Brot durch pädagogische Arbeit und Vorträge, in den Vereinigten Staaten vorübergehend als Kindermädchen. Alle Anklagen, die von Seiten ihrer Verwandten gegen den Dichter erhoben wurden, wies sie zurück, auch den Vorschlag einer Scheinehe.

Verner von Heidenstam ließ sich von seiner ersten Frau scheiden und heiratete noch zweimal, aber keine seiner Ehefrauen schenkte ihm ein lebensfähiges Kind. Bewundernswert ist die Schönheit der Diktion in seinen Gedichten, aber sie wirken wie eisgekühlt im Vergleich mit der flammenden Appassionata Ellen Belfrages. Die Liebe führte sie über den Geliebten hinaus, machte sie unabhängig von erwiderter oder versagter Zuneigung.

Auch in der Welt Anton Tschechows sind die Verstoßenen, die demütig Dienenden, die wahrhaft schönen Frauen, die den Glanz der Mutter Gottes widerstrahlen.

Karlis Skalbe, ein lettischer Dichter, der das Niederrieseln des Schnees und das Atmen der Erde und Halme hörte, erzählt in einem Märchen von einem Henker, der tat, was alle Henker tun. Hatte er sein blutiges Amt verrichtet und seinen Rausch ausgeschlafen, nahm er sein Töchterchen auf den Schoß und wollte ein Wort sagen, aber seine Stimme war so heiser, daß er keine einzige Silbe hervorbringen konnte. Dann ergab er sich wieder dem Trunk und starb am Gift des gebrannten Korns. Das Kind hatte feuerrotes Haar, und niemand wollte mit ihm spielen, alle verhöhnten es und riefen schon von ferne: „Das ist des Henkers Töchterlein!“ Meinte es sich allein auf einer Wiese und pflückte Blumen, schon hatte sich jemand hinzugeschlichen und flüsterte ihm ins Ohr: „Du bist des Henkers Töchterlein!“ Wie die Sense die Blumen dahinmäht, so die bösen Zungen die Freuden des Mädchens. Aus dem rothaarigen Kinde wurde eine Jungfrau. Aber wie ihr Haar die Farbe nicht verlor, so verloren die Nachbarn nicht ihre Lust am Hohn. Vor Schmach und Spott nirgends Ruhe findend, ging sie in einer Nacht über die Strahlenleiter direkt zum Mond, wo ein altes freundliches Mütterchen an einem goldenen Rocken spann. Die Alte hatte ein sanftes rundes Gesicht und ganz weiße Locken. Sie wußte ohne zu fragen, was die Maid bedrückte und gab ihr einen Schlüssel, der den Besitzer unsichtbar machte und alle Türen öffnete. „Du wirst Ruhe finden, wenn du auch nur einen einzigen Menschen aus der Finsternis befreist.“ Hinter dreimal drei Bergen stand ein Schloß. Im Turm dieses Schlosses saß ein junger, zum Tode verurteilter Mann. Des Henkers Töchterlein reichte ihm den Zauberschlüssel, und legte ihm nah zu fliehen: „Ich bleibe an deiner Stelle“, sagte es leise.

„Wenn sie mich nicht finden“, erwiderte der Eingekerkerte, „werden sie dich greifen und zum Galgen schleppen.“

„Ich fürchte mich nicht, ich muß ihnen etwas sagen. In dunkler Höhle habe ich mein Leben gefristet, nun will auch ich einmal das Tageslicht sehen und wenigstens einen Augenblick lang wirklich leben. Niemand ahnt, wie lange und qualvoll ein Wort den Weg von meinen Lippen sucht. Mein Vater war ein Henker, und als ich noch klein war, setzte er mich, wenn er den Rausch ausgeschlafen hatte, auf seine Knie und suchte vergebens nach diesem Wort. Möge man mich zum Galgen führen. Ich werde die Stufen emporsteigen und das von ihm nie ausgesprochene Wort jubelnd hinausrufen.“

Da widersprach der Häftling nicht länger, er nahm den Zauberschlüssel aus den Händen des rothaarigen Mädchens und kehrte ins Leben zurück.

Dies ist ein Märchen, aber Märchen wachsen auf dem Boden der Wirklichkeit. Des Henkers Töchterlein erstand vor meinen Augen, als ich von der Opfertat der Russin Elisabeth Pilenko hörte, die das Evangelium lebte, indem sie die Stelle einer Jüdin einnahm, die zur Gaskammer verurteilt war. Sie ging in den Tod ohne die Glorie der Märtyrerin. Vielleicht war auch ihr Vater oder Bruder ein Henker. Sie ließ sich ans Kreuz der Liebe schlagen. Für sie war das Evangelium nicht ein Buch, sondern Leben. Christus hat nichts geschrieben, er hat keine Dogmen errichtet, keine Glaubenslehre aufgestellt, er hat die Liebe gelebt und vergöttlicht. Die rostigen Nägel durchbohrten seine Hände und Füße, nicht aber die des Hasses seine Seele. Und Narren, Wahnsinnige, Einfältige und Verschattete folgen ihm. Das ist der Sinn und Widersinn der Liebe: nicht übermenschlich, sondern menschlich.

Glückliche und unglückliche Ehen

Eine hervorragende Erscheinung des französischen Existentialismus, Simone de Beauvoir, Sartres Schülerin und Lebensgefährtin, hat mit der ihrer Nation eigenen Neigung zu physiologischer und psychologischer Nacktheit in ihrem Vorurteile, Gewalttat, Feigheit und Sadismus entschleiernden, lehrreichen Hauptwerk „Das andere Geschlecht" durch vielzählige, aber einseitig gedeutete Beispiele zu beweisen versucht, daß sich die Ehe in den meisten Fällen von der Prostitution dadurch unterscheide, daß sie dauernder sei. Fraglos hat die moderne, zu extremen Behauptungen neigende Französin gleichermaßen recht wie der ewige Homer, für den die Ehe die höchste Erfüllung beider Geschlechter ist:

Denn nichts ist besser und wünschenswerter auf Erden,
als wenn Mann und Weib, in herzlicher Liebe vereinigt,
ruhig ihr Haus verwalten, den Feinden ein kränkender Anblick,
aber Wonne den Freunden.

Die Sexualität, die den Menschen mit der lebenden Kreatur verbindet, wird zur geschlechtlichen Liebe, zur Erotik, wo Trieb und Geist einander die Waage halten. „Zu viel Trieb entstellt den Kulturmenschen, zu viel Kultur schafft kranke Tiere“ (C. G. Jung). Das schlimmste aber sind die Untiere, die in der Gestalt des Menschen dem Tiere unbekannte Unzucht treiben und dieses Liebe nennen. Die wahre Verbindung zwischen Mann und Weib als übermächtiges Erleben wandelt beide, die Ehe als Sakrament der Einheit hebt die Trennung zwischen Ich und Du auf. Vater und Mutter – ein Wir-Werkzeug des weiterschreitenden Lebens löschen ihr Ich aus, um im Kinde zu leben, das die Kontinuität des Lebensstroms, das physische und psychische Bild der Eltern weiterleitet.

Simone de Beauvoir analysiert hauptsächlich unglückliche Ehen, und bei den glücklichen deckt sie wie ein sachkundiger Chirurg mit untrüglichem Griff die kranken Stellen auf. Auch auf diesem Wege ist eine Gesundung möglich, nur darf man die vielfach festgestellten Krankheiten auf die von Heimsuchungen Verschonten nicht übertragen. Die französische Schriftstellerin gehört in der erotischen Sphäre nicht zu den Unterdrückten und Schlechtweggekommenen, ihr Kampf für die menschliche Vollberechtigung der Frau, ihr Widerwillen gegen „das ewige Weibchen“ wirkt überzeugend durch die Schärfe ihrer Urteilskraft, durch ihre sinnliche Glut und die von Hemmungen freie Bewußtheit. Leider übergeht sie in der großen Menge der angeführten Beispiele jene Schicksale, die, trotz aller Abstürze und Niederlagen, eine Ich-Erfüllung im Du schenken, wie zum Beispiel Eichendorffs demütigen Dank an seine Lebensgefährtin: „Ach, wen Gott lieb hat, gab er solche Fraue."

Je persönlicher ein Leben, desto liebereicher.

Die Romantiker flohen die feste Bindung im Dienst wie in der Liebe. Joseph Freiherr von Eichendorff aber hat als Verwaltungsbeamter lange in Westpreußen amtiert und in vierzigjähriger Ehe glücklich mit seiner Frau gelebt. Trotz seinem Hang zu träumerischer Weite war der Taugenichts ein guter Ehemann. Seiner seelischen Struktur nach männlich und gesund, war er eine Ausnahme unter den Romantikern. Männlich – im Sinne von nicht schwankend, und gesund – im Sinne von Gleichgewicht bewahrend. Dieser klarsinnige und gerade Mensch, dieser sehnsüchtig ins Weite schweifende Lyriker hatte eine Abneigung gegen Ausschreitungen und Übertreibungen im Leben und in der Dichtkunst. Seine Muse fand er 1807 in Heidelberg. Es war Käthchen Förster, eines Küfermeisters Tochter, der er seine ersten von Hugo Wolf und Othmar Schoeck vertonten Liebeslieder, wie auch das zum Volkslied gewordene vom „kühlen Grunde" widmete, Lieder, die zum Gemeingut aller Deutschsprachigen geworden sind. Nach einem Jahr trennte sich der adlige Jüngling vom schlichten Mädchen, das er sich in der Atmosphäre von Schloß Lubowitz nicht vorstellen konnte. 1815 heiratete er Luise von Larisch, die ihm mehrere Kinder schenkte, und mit der er, trotz Krieg und ruheloser Wanderung, bis zu ihrem Tode eng verbunden blieb. Mit derselben Hingebung, mit der er die sechzehnjährige Braut besang, widmete er seine Lieder der ergrauten Lebensgefährtin.

Eines seiner letzten Gedichte, in dem das Wetzen der Todessichel den Liebestraum nicht zerschneidet, ist von solch schlichter Innigkeit und zärtlicher Zuneigung, daß der vierundachtzigjährige, aller Sentimentalität abholde Richard Strauß, der sonst Eichendorff-Texte nicht bevorzugte, es in Musik gesetzt und seiner silberhaarigen Lebensgefährtin als Dank gewidmet hat:

Wir sind durch Not und Freude
Gegangen Hand in Hand,
Vom Wandern ruhn wir beide
Nun überm stillen Land.

Motive von „Tod und Verklärung" klingen auf, im letzten Vers begegnen einander Abend- und Morgenrot:

O weiter stiller Friede,
So tief im Abendrot.
Wie sind wir wandermüde —
Ist das etwa der Tod?

Eichendorff überlebte Luise nur zwei Jahre.

Ich glaube nicht, daß Tolstoj mit seiner Aussage recht hat, alle glücklichen Ehen seien einander ähnlich, die unglücklichen dagegen unglücklich jede auf ihre Art. Die unglücklichen sind sichtbarer, und Glück ist eine nicht minder relative und subjektive Vorstellung wie Unglück.

Calderon behauptet, daß mit der Geburt der Eifersucht der Tod der Liebe eintritt. Marcel Proust beobachtet das Umgekehrte: mit dem Tod der Eifersucht stirbt auch die Liebe. Und beide haben recht, denn beide schöpften aus dem Bezirk eigenen Erlebens. Je tiefer und wahrer die Liebe, desto unersetzbarer das geliebte Wesen, desto größer das Wagnis und die Gefährdung der Liebe, Und so ist die Liebe in irdischen Grenzen an sich tragisch: in einer vergänglichen Welt lehnen sich vergängliche Wesen gegen die Vergänglichkeit auf.

Liebe durchglüht und erhält das geliebte Wesen, die Begierde reißt es an sich und verzehrt es. „Wer um die Wollust wirbt, erwirbt den Tod", sagt Hans Carossa, der tief die Not des Körpers und der Seele kennt. „Alles Fleisch ist wie Gras", heißt es im Buch der Bücher. Doch in wacher Nähe, im höchsten Eros, wo die Liebe weitspannend in das Glück der Erde und Ewigkeit versinkt, durchdringen die schwingenden Kreise einander. Seele und Körper verschmelzen in eine unteilbare Einheit. Vollzieht sich die Vereinigung von Mann und Weib im Angesicht Gottes, ist sie geheiligt, und das Weib findet im Weltinnenraum das Herz des Mannes. Der Kriegsschauplatz ist nicht das Bett, wie Simone de Beauvoir es schildert, es ist die Welt, in der beide für gemeinsame Ziele kämpfen.

Eine glückliche Ehe ist nicht die Erfüllung aller Wünsche – dies ist auf Erden weder in der Ehe noch in der Freundschaft möglich –, sondern das Zueinanderhalten, auch wenn man auf langgehegte Wünsche verzichten muß und in finsterer Kälte fröstelt.

Knut Hamsun heiratete mit zweiundfünfzig Jahren die sechsundzwanzigjährige berühmte Schauspielerin Marie Andersen, und sie blieb die unersetzliche Gefährtin bis zu seinem Tode.

Als sie achtzehn Jahre alt war, las sie Hamsuns Worte über die Liebe in der Erzählung „Viktoria", und an diese hielt sie sich das ganze Leben. „Die Liebe kann sein wie der Wind, der in den Rosen rauscht und wieder dahinstirbt, aber sie kann auch sein wie ein unzerbrechliches Siegel, das ein Leben lang dauert, das bis zum Tode dauert."

Marie Hamsun hat ihre Ehe in ihrer Autobiographie „Regenbogen" dankbaren Herzens als ein erfülltes Leben geschildert, und auch die „Langerudkinder" konnte nur eine innerlich ungebrochene Frau schreiben.

Sie hatte sich in einen der größten Liebesdichter, in den Verfasser von „Pan" und „Viktoria" verliebt, und harrte bei dem Wanderer, bei dem es Tage gab, da er nur Nerven und Hysterie war, in einundvierzig Jahre währender Ehe aus, trotz ständigem Wohnortwechsel, trotz seiner Reizbarkeit, trotz seiner ungezügelten Willkür und Schwerhörigkeit. Es war für sie nicht leicht, Schritt mit ihm zu halten, manchmal mußte er auf sie, manchmal sie auf ihn warten, es kam vor, daß sie einander auf dem Weg verloren, aber sie fanden immer wieder zusammen, und sie hielt seine Hand, als sein Herz den letzten Schlag tat.

In ihrer Autobiographie erzählt Marie Hamsun in scherzendem Ton, wie ihr Mann, statt ihr „Guten Morgen" zu wünschen, unzufrieden über die schiefen Rollgardinen brummte. Darauf durfte sie nicht etwa antworten: „Sei doch nicht so griesgrämig wegen solch einer Bagatelle", auch durfte sie nicht die Gardine so lange auf- und abschnurren lassen, bis sie richtig saß, reuig mußte sie Besserung versprechen – zum Glück war sie eine vorzügliche Schauspielerin – und brav und gelehrig zusehen, wie die Gardine von einem, der sich nicht darauf verstand, hin und her gezerrt wurde. Solche Rollgardinen-Geschichten sind eine unterhaltsame Lektüre, in keinem Fall aber angenehmes Leben. „Nach und nach erkannte ich, daß in unserem gemeinsamen Alltag die einfachsten Dinge die Neigung hatten aufzuquellen und zu Problemen anzuwachsen", heißt es in ihrem Tagebuch. Und in einer seiner Niederschriften: „Die Liebe wurde für uns kein Schmetterlingsspiel, manchmal schien es mir, als wären wir an ein Kreuz genagelt." Bald schickte er sie weg, um ruhig arbeiten zu können, bald stürzte er sich auf sie, wie ein Bach im Gebirge. Er war kein Scheinheiliger, in einem seiner Briefe heißt es: „Ich weiß verdammt gut, daß es unmöglich ist, mit mir zu leben. Du hast mir in diesen zwei Jahren Tausende von Malen verziehen." War er von ihr getrennt, sehnte er sich krank nach ihr, war er mit ihr zusammen, peinigte er sie durch seine Unruhe und Eifersucht. Kleinigkeiten führten zu Katastrophen. Er warf ihr Ohrringe vor, die sie bei einer Reise trug, und fragte bissig: „Willst du dir vielleicht nicht noch einen Ring durch die Nase ziehen, damit man dich im Zuge auch richtig anschaut?" Da riß sie sich die Ohrringe ab und warf nicht nur diese von sich, sondern auch ein Stück ihres stolzen Herzens. Diese aufreibenden Mißhelligkeiten, die auf das sensible Nervensystem des Dichters zurückzuführen sind und mit seiner Liebe zu Marie nichts zu tun hatten, währten, bis die lange Zahl der Jahre beide läuterte. Aber die Herzen glühten nie aus, gleichgültig waren sie einander nie. Marie, die in ihrer Einheitlichkeit stärkere und gesündere Natur, nahm immer neue Lasten auf sich, als sei es eine Selbstverständlichkeit: drei Kinder und eine Landwirtschaft! Die Wachstumskraft ihrer Seele wurde nicht gebrochen. Seine demütige Zugehörigkeit zu ihr, seine leidenschaftliche Zärtlichkeit wog die Stunde des Zwistes auf.

„Hab Nachsicht mit mir, wie Du schon so oft Nachsicht gehabt hast und höre das ganze Leben hindurch nicht auf, Nachsicht zu üben, damit ich mich schämen muß. Du sollst mir nie Untreue und Liebeleien und anderes verzeihen müssen, aber habe Nachsicht mit mir, wenn ich unmöglich gegen Dich gewesen bin, nervös und unausstehlich und böse und wenn ich mich vielleicht am liebsten im Wald verstecken und allein sein möchte. Ich bin nie, auch nicht eine Stunde von Dir weg, ohne daß ich mich nach Dir zurücksehne, das mußt Du doch gemerkt haben", flehte er in seinen Briefen. Sie fühlte, daß sie für ihn die Einzige und Unersetzliche war, und sie wußte auch, daß die Arbeit für ihn an erster Stelle stand, daß er nur in der ungehemmten Entfaltung seiner Fähigkeiten Glück finden konnte, daß das Erscheinen eines neuen Werkes für ihn unsagbar mehr bedeutete als die Geburt eines Kindes. Als er im Alter infolge Erkrankung des Zentralnervensystems nicht mehr richtig sprechen konnte, wußte sie fast immer, was er sagen wollte.

Aus Schopenhauers Philosophie, aus den Werken Knut Hamsuns und aus ihrer eigenen, unzerstörbaren Heiterkeit holte sie sich immer wieder neuen Mut.

Er konnte barbarisch rücksichtslos sein, aber unverbrüchlich war das Band der Wahrhaftigkeit, das die Liebenden vereinte.. Treulosigkeit, Eifersucht, Vergehen aller Art verbrennen in der Flamme der Liebe wie dürres Reisig. Der Schutt des Alltags verglimmt zu schwereloser Asche. Aber das Eiswasser der Unwahrheit verlöscht die Glut. Mit Sünden hat man Erbarmen, mit Schwäche Mitleid, für Versagen Verständnis, aber Unwahrheit stößt ab, macht die Wand zwischen dem Ich und Du unübersteigbar.

Hamsun war zu unbekümmert urwüchsig, um zur Lüge zu greifen, und sein Vertrauen zu Marie vertiefte sich nach jedem Sturmwetter.

Ein Jahr vor seinem Tode, 1951, trägt sie in ihr Tagebuch ein: „Es gibt wirklich ein Glück. Es steht zwar nicht den ganzen Tag wie eine strahlende Sonne am Himmel, das ist wohl wahr. Aber es leuchtet doch oft als kurzer Strahl auf.“ Diese Zeilen wiegen schwer, denn sie schrieb sie nicht in der Epoche des Nobelpreises und Weltruhms, sondern nach den erniedrigenden Gerichtsverhandlungen und der grotesken Verurteilung, der zufolge Knut Hamsun zum Verräter gestempelt wurde und die Norweger sich befugt fühlten, die Bücher ihres größten Dichters ihm wie Abfall über den Zaun seines Gartens zu schleudern. Die zitierten Zeilen stehen neben dem Vermerk, daß sie eben ein Formular ausgefüllt hätte, demgemäß dem greisen Dichter das Recht auf eine Altersfürsorge von achtundsiebzig Kronen zustände: „Herbst und Kälte stehen vor der Tür, und Knut könnte wohl ein warmes Kleidungsstück brauchen, denn er ist magerer geworden und fröstelt beständig.“ In ihrer Vitalität, in ihrem künstlerischen Empfinden, in der Kraft der Hingabe war sie ihm verwandt. Sie hielt sich an sein Wort: „Im Alter gibt es keinen schöneren Trost als den einen, die ganze Kraft seiner Jugend in Werke gelegt zu haben, die nicht mit uns altern.“ Ihre fröhlichen Langerudkinder werden noch viele Leser finden; ihr größtes, ihr unsterbliches Werk ist ihre alle Winter überdauernde Liebe zu Knut Hamsun.

Noch mehr als zur Dichtkunst gehört zur Philosophie absolute Freiheit. Weil Sokrates dessen nicht eingedenk war und Xanthippe heiratete, wurde sie zur Hexe. Diese über Jahrtausende hinausragende Tatsache mag Kant, Schopenhauer, Nietzsche, Pascal, Solowjew und andere Philosophen beeinflußt haben, ihre Freiheit durch Ehelosigkeit zu bewahren.

Tragisch wirkt sich der Antagonismus zwischen dem Verlangen nach der Ungebundenheit und der Sehnsucht nach einem Liebesobjekt bei Sören Kierkegaard aus. Siebenundzwanzigjährig löste er die Verlobung mit der zehn Jahre jüngeren Regine Olson nach knapp einem Jahr auf. Fünf Jahre wartete die entlobte Braut auf die Wiederkehr des Geliebten. Sie schrieb ihm beschwörende Briefe, sie war bereit, in einem kleinen Schrank zu wohnen, wie sie das so rührend ausdrückt, wenn sie nur bei ihm sein durfte. Sie war zu allem bereit, nur sollte er sie nicht verlassen. Er aber fürchtete eine seine Freiheit einschränkende Bindung und peinigte das arme Mädchen durch prahlerisch aufgeblasene, in die Öffentlichkeit hinausposaunte Liebesabenteuer. Auf diese infantil rücksichtslose Weise meinte er, ihr, sich selbst und allen Mitmenschen seine absolute Unabhängigkeit zu beweisen. Da heiratete sie den Legationsrat Fritz Schlegel. Trotz philosophischer Genialität fehlte Kierkegaard die Fähigkeit, seinem Ich zu entsteigen, in seinem Innern Ordnung zu schaffen und in schlichter Wahrhaftigkeit die Geschehnisse eine Ewigkeitssekunde vom Standpunkt des Du zu betrachten. Das Lebenskreuz schien ihm weder allein noch zu zweien tragbar. Während er noch um Regine warb, schrieb er in sein Tagebuch:

„Am unerklärlichsten bin ich mir selbst; das ganze Dasein ist mir verpestet, am meisten ich selbst." Schwermut, ein Gefühl der Vereinsamung und Verzweiflung zerrte ihn vom Lebensufer an das des Todes und wieder zurück ins Leben. Seit seiner frühen Jugend lag die Vorstellung in ihm, daß er von der Vorsehung als Opfer ausersehen sei. Er konnte die Kluft, die Ideal und Wirklichkeit trennte, nicht überbrücken und besaß in der Liebe nicht die von ihm gerühmte ironische Elastizität, die auch die unangenehmen Dinge beim rechten Namen nennt. Gewiß quälte sein empfindsames Gemüt der Gedanke, daß seine Mutter, als er geboren wurde, nur Haushälterin des Vaters war und erst später seine Ehegattin wurde. Vergebens ist aber der Versuch, in den äußeren Umständen die Gründe zur Auflösung dieser Verlobung zu suchen, die ihn zwischen Pein und Seligkeit hin und her schleuderte und ihn zum Gespött der klatschsüchtigen Stadt machte: Wie kann nur ein wohlhabender Theologe, der gnadenlose Enthüller der Unwahrheiten des Christentums, ein ehrenwertes Mädchen aus gutem Hause nach einer öffentlichen Verlobung so mir nichts dir nichts sitzen lassen! In seinen Schriften finden wir die Gründe zu seiner Intoleranz und Härte in philosophischer und persönlicher Hinsicht: „Mancher ist ein Genie geworden durch ein Mädchen, mancher ein Held geworden durch ein Mädchen, mancher ein Dichter geworden durch ein Mädchen, mancher ein Heiliger geworden durch ein Mädchen: aber er wurde kein Genie durch das Mädchen, das er bekam, durch sie wurde er nur Kommerzienrat; er wurde kein Held durch das Mädchen, das er bekam, durch sie wurde er nur General; er wurde kein Dichter durch das Mädchen, das er bekam, durch sie wurde er nur Vater." Und weiter heißt es in diesen rhetorischen Ausführungen: ein Dichter, ein Heiliger, ein Held, ein Genie wurde der Mann, durch das Mädchen, das er nicht bekam.

In überschwenglichen Worten preist er die Macht, die er Liebe nennt, berauscht sich an Vorstellungen und Worten: „Was macht einen Menschen groß, zum Wunder der Schöpfung ...? Was macht einen Menschen stark, stärker als die ganze Welt, was macht ihn schwach, schwächer als ein Kind? Was macht einen Menschen unerschütterlich, unerschütterlicher als den Felsen, was macht ihn weich, weicher als Wachs? – Es ist die Liebe!" Er liebte die Liebe; das Mädchen war ihm beschwerlich, trotz erotischer Benommenheit. Es ist die innere Erschütterung, die er rühmt, nicht das Einswerden mit dem Du. Er war, wie das bei Philosophen zu sein pflegt: ein Tyrann in menschlichen Beziehungen, der niemand neben sich duldete und unter dem Alleinsein litt. Seine Ichbesessenheit, seine Blindheit fürs Du kommt in seinem schonungslosen Angriff auf seinen genialen Zeitgenossen H. C. Andersen ebenso zum Ausdruck, wie in seinen Auseinandersetzungen mit Regine. Von seiner Braut heißt es: „Ich liebte sie sehr, sie war so leicht wie ein Vogel, so kühn wie ein

Gedanke; ich ließ sie höher und höher steigen, ich streckte meine Hand aus, und sie stand darauf und schlug mit den Flügeln und sie rief zu mir herunter: hier ist es herrlich; sie vergaß, sie wußte nicht, daß ich es war, der sie leicht machte, ich, der ihr Vergangenheit und Denken gab, und Glauben an mich, der machte, daß sie auf dem Meere wandelte, und ich huldigte ihr, und sie nahm meine Huldigung entgegen."

In seinen Aufzeichnungen über die Liebe ist Regine als lebendiger Mensch nicht gegenwärtig, sie ist das Gefäß, das er mit Liebeslust und Liebesleid bis an den Rand füllt. Er kann sich gegen den Reichtum seiner philosophischen Gedanken kaum wehren, ist aber ihr gegenüber blind, obwohl er sein Leben lang in allen möglichen Formen ausgesprochen hat, daß seine ganze Verfasserschaft auf die Erlebnisse mit Regine zurückzuführen sei.

Er schrieb Regine nach ihrer Verheiratung und bot ihr Versöhnung an. Der Legationsrat Schlegel schickte den Brief ungeöffnet zurück. Als Sören Kierkegaard die Möglichkeit verlor, mit Regine zu korrespondieren, vertraute er seine Liebesergüsse dem Tagebuch an. Ein Teil seiner Aufzeichnungen, die bald etwas Gespreiztes und Ausgeklügeltes, bald etwas rührend-kindlich Egoistisches haben, ist direkt an sie gerichtet. Er bittet sie um Verzeihung, er dankt ihr: „Dank, Du reizende Lilie, Du kleiner Vogel, Du meine Sehnsucht, dank auch für Deine Tränen, die mächtig zu meiner Entwicklung beitrugen; dank, – doch wozu viele Worte; mein Leben hat es ausgedrückt: sie war meine einzige Geliebte; und als sie heiratete, da war sie unter den Lebenden der Mensch, dem ich die größte Dankbarkeit schulde." Er legt ihr ans Herz, stolz darauf zu sein, daß er sie mit in die Geschichte nimmt, er eignet ihr sein ganzes Werk zu.

Nachdem Fritz Schlegel den an seine Frau gerichteten

Brief ungeöffnet retourniert hatte, waren die Beziehungen abgebrochen. 1855, am 17. März, kurz bevor das Ehepaar nach Westindien abreiste, wo der Legationsrat zum Gouverneur ernannt worden war, hatte Regine dem Heißgeliebten auf der Straße aufgelauert. Er beantwortete den Gruß, sie wartete zögernd, aber er näherte sich ihr nicht. Sie sahen einander nie wieder.

Bei seinem Tode hinterließ Kierkegaard eine Art Testament, worin er Regine als Erbin einsetzte. Was er auszudrücken wünschte, war, daß in seinen Phantastereien die Verlobung mit Regine ebenso verpflichtend war wie eine Ehe und daß deshalb seine Hinterlassenschaft ihr zufallen sollte, genauso als ob er ihr angetraut gewesen wäre. Auf Grund dieser Motivierung schlug Frau Schlegel das Erbe aus.

Als Schlegels nach Kopenhagen zurückkehrten, war Kierkegaard tot. Regine überlebte den Jugendgeliebten fast ein halbes Jahrhundert, sie starb 1904 im Alter von zweiundachtzig Jahren. In einem Brief an den Neffen Sören Kierkegaards, Henrik Lund, schrieb sie von ihrer Trauer und Bestürzung, die sie bei der Todesnachricht befallen habe. In schlichter Offenheit bekennt sie, daß sie während ihrer Ehe von einem Gefühl der Schuld nie freigekommen sei, kein Wort des Vorwurfs trifft den Eigenbrötler: „Nach seinem Tode war es mir, als ob ich aus Feigheit eine Pflicht versäumt hätte, eine Pflicht nicht allein gegen ihn, sondern gegen Gott, dem er sich opferte, ob dieses nun aus angeborener Neigung zur Selbstquälerei geschehen sein mag (ein Zweifel, den er selbst hegte) oder ob es, wie ich annehme und wie die Zeit und die Ergebnisse seines Wirkens zeigen werden, einer höheren Berufung wegen geschah."

In einem Gespräch mit dem Legationsrat Schlegel soll Kierkegaard geäußert haben, in diesem Leben gehe Regine an der Seite ihres Gatten, aber in der Weltgeschichte und im Paradies werde sie an seiner Seite gehen.

Und er hat sich nicht geirrt. Frau Legationsrat Schlegel ist ins Nichts versunken, Regine, die unglückliche Braut Sören Kierkegaards, lebt ewig.

Mutterliebe

Ist die Voraussetzung wahrer Liebe die Verbrennung des eigenen Ich, das ständige Verlangen nach unmittelbarer Nähe mit dem geliebten Wesen, die Opfergabe für dieses, dann ist die Mutterliebe die höchste Form der Liebe.

Drei Jahre vor seinem Tode erzählt der verwöhnte Weltmann Turgenjew folgendes Geschehnis: Sein Jagdhund hat auf der Allee einen aus dem Nest gefallenen Sperling, ein winziges Daunenknäuel erspäht und schleicht sich an den ahnungslosen kleinen Vogel heran. Da stürzt vom nahen Baum wie ein Stein vor das Maul des Hundes die Spatzenmutter; mit gesträubten Federn und einem verzweifelten Piepsen stellt sie sich vor den aufgesperrten Rachen des Hundes, der im Vergleich zu ihr ein reißendes Urwaldtier ist. Der Hund stutzt . . . er packt nicht zu. Augenscheinlich erkannte er die Kraft, die die Spatzenmutter gezwungen hatte, das sichere Geäst zu verlassen. Turgenjew pfiff seinem verdutzten Hunde und entfernte sich ehrfürchtig mit ihm. „Ja, lacht nicht. Ich erschauerte vor dem kleinen heldenhaften Vogel, vor seinem Antrieb zur Liebe. Die Liebe, dachte ich, ist stärker als der Tod und die Todesangst. Nur sie, nur die Liebe erhält und bewegt das Leben."

Die Mutter weiß, ohne zu fragen, wie es ihrem Kinde

geht. Sie weiß mit dem Herzen, und das ist das einzige vollkommene Wissen, mit dem verglichen alles andere Vielwisserei und Besserwisserei ist, die am Kern des Du vorbeistreift. Ehe das Kind noch auf der Erde, lebt es in der Mutter, eine neue Sonne ihrer Welt, die aus ihren Augen glänzt, aus der abwesenden Stille ihres Wesens spricht, die sich dem Zukünftigen, dem Keimenden und Wachsenden hingibt: sie gehört nicht mehr sich selbst. „In den Müttern steht das Ewige am Herzen still."

Die Mutter ist mehr als die Erhalterin des Lebens, mehr als die Macht, die das Dasein vor dem Chaos bewahrt: ihre Sonnenkraft ist stärker als der Tod. Daß selbst in der letzten Stunde das Weh des zurückbleibenden Kindes sie am meisten bedrängt, davon berichtet eine alte Legende, die ich in Lettland, in Italien, Deutschland und Frankreich gehört habe. Jedes Volk, jeder Erzähler fügt eine neue Variation hinzu, aber der Kern bleibt der gleiche. In ihrer Zeitlosigkeit und Sinnerfülltheit überzeugen Legenden mehr als Tatsachenmaterial oder Begriffssysteme.

Eine Mutter hatte einen Sohn, und dieser Sohn hatte, wie alle Söhne, eine Braut, die von ihrem Geliebten immer neue, greifbare Beweise der Liebe begehrte. Sie war schön, aber dort, wo andere Menschen ein Herz hatten, gähnte in ihrer Brust ein schwarzes Loch, das sie mit kostbaren Gewändern bedeckte. Um keinen Wunsch der Liebsten unerfüllt zu lassen, brachte der Sohn ihr das schönste Tuch seiner Mutter und ließ diese an kalten Abenden einsam frösteln. Er gab dem Drängen der Braut nach und schenkte ihr auch den Krug der Mutter, der der alten Frau zum Wasserholen aus einer heilspendenden Quelle diente. Das Salz der Tränen hatte nämlich ihre Augen entzündet. Die Braut war unersättlich in ihren Ansprüchen, zu guter Letzt verlangte sie das Herz der

Mutter: „Bringst du mir dieses an sich nutzlose Ding, noch ehe morgen die Sonne untergeht, dann will ich dir für alle Zeiten angehören." Auch diesen Wunsch erfüllte der Sohn, der auf einem Auge blind war. Er eilte so sehr, daß er stolperte, das flammende Herz der Mutter entglitt seinen Händen, schlug an einen Stein und hauchte im Zerspringen: „Mein Sohn, hast du dir sehr weh getan?"

Das Herz der Mutter, das Gewissen der Zeit, die Dulderin, die Leidtragende, die Liebe als Harm, die Sorge und machtlose Verzweiflung gegen eine widermenschliche Welt, hat Käthe Kollwitz in ihren Bildern verewigt.

Wie unterschiedlich die Rechte der Frau, die Kulturstufen der einzelnen Völker, ihre Gebräuche und Sitten auch sind, das Herz der Mutter bleibt das gleiche. Würde dieses rein und unvergiftet über Völker- und Menschenschicksale entscheiden, gäbe es keinen Krieg. In einem wunderbar schlichten Gedicht von Nikolaj Nekrassow über die Schrecken des Krieges heißt es: Die Frau tröstet sich über den Verlust des Mannes, der beste Freund vergißt den Freund; die Mutter aber, die ihren Sohn verloren hat, ist wie eine Trauerweide, die auch im herrlichsten Sonnenlicht ihre Äste nicht emporhebt.

Von alters her sind Frauen auch Herrscherinnen gewesen, aber ein mütterliches Herz im Regierungssystem hat weder Katharina die Große in Rußland noch Königin Elisabeth I. in England verwirklicht.

Siebenundsiebzig Prozent der fünfunddreißigtausend lettischen Volkslieder sind von Frauen verfaßt, und mehrere hundert singen von der Liebe, die Mutter und Kinder, besonders aber Mutter und Tochter verbindet. Der Vater wird viel seltener erwähnt, und sein Tod ist leichter zu verschmerzen als der Verlust der Mutter – der

Untergang einer nie mehr aufgehenden Sonne. Die Mutter wärmt wie die helle reine Flamme des Birkenholzes, das duftend, ohne zu rauchen, verbrennt. Sie ist es, die Schmerz in Freude, Dunkelheit in Licht verwandelt:

Den Span entzünd', die Kerze auch,
in der Kammer — Dunkelheit.
Kommt mein Mütterchen herein,
hell wird die Stube sogleich.*

Ein trauriger Tag ist für die Mutter die Hochzeit der Tochter, die sie dem Manne zuführt. Getrennt sehnen sie sich nach einander und schicken Grüße mit Vögeln, Wind und Wolken. Der Besuch der Mutter ist das größte Fest, für ihre Lagerstätte werden die feinsten Linnen, die weichsten Decken gewählt:

Wo mein Mütterchen träumend ruht,
streu roten Mohn ich und Blüten.
Roten Mohn streu ich aus
und Blüten von Rosen als Zudeck.

Stirbt die Mutter, ist die Tochter untröstlich: sie geht auf den Friedhof und hebt die Rasenstücke vom Grab, um der Unvergeßlichen das Herzeleid, das ihr die Fremden zufügen, zu klagen. Könnte ich die Stimme der Entrückten auch nur durch die Wand hören, heißt es in einer Daina, ich würde jedes Wort in ein weißes Tuch hüllen. Das Bild der Mutter verschmilzt mit dem der Sonne; eine der allerbekanntesten, uralten Dainas ist das Lied von der Waise, die die untergehende Sonne einholen will:

Die Sonne sinkt, die Nacht bricht ein.
Im Dunkel bleib ich allein.
Verloren hab ich mein Mütterchen,
das mich in die Sonne hob.

* Die hier zitierten lettischen Volkslieder sind von Fritz Bajorat übersetzt.

Wie mild der Grundton der lettischen Dainas, so gewaltig ist der des finnischen Epos Kalevala, in dem Flüsse von Blut strömen und der Sänger sich nicht scheut, biologische Funktionen beim Namen zu nennen. Nicht die ethnographischen, kulturhistorischen und folkloristischen Motive fesseln mich in diesen Gesängen, sondern die machtvollen, menschliches Maß überragenden Gestalten der Männer und Frauen.

Wie die Kiefer mit ihren Wurzelfingern sich in den Felsen verkrampft, ihn umarmt, zu einem großen Baum emporwächst, der Sturm und Ungewitter trotzt und die kleinen Vögel im Gezweig wiegt, so überragt die Gestalt der Mutter die rauhen Runen.

Der nordische Don Juan, Lemminkäinen, versteht sich auf drei Dinge: Kampf, Gesang und Frauen. Er ist schön von Kopf bis Fuß, er hat tausend Bräute und hundert Witwen gehören ihm. Leichtfertig und übermütig lebt er nur dem Augenblick und bereitet seiner Mutter viel Ärgernis, indem er zwei Frauen zu sich aufs Lager lockt. Als Lemminkäinen, dem kein Wagnis zu groß ist, den Schwan aus der Unterwelt Tuonela holen will, tötet ihn ein alter Hirt. Nicht Lemminkäinens Frau Killiki, sondern seine Mutter ist über sein Fortbleiben untröstlich. Daß er sie oft bis aufs Blut verletzte, hat sie vergessen. Sie weiß nur eines, er ist nicht heimgekehrt, also ist ihm etwas Böses zugestoßen, und sie fühlt sich stark genug, diesem Bösen entgegenzutreten. Für die andern ist er entweder der bewundernswerte Sieger oder der schmähliche Verführer; für sie ist und bleibt er das Kind, dem sie helfen muß, wenn es in Not geraten. Die alte Frau mit dem grauen Haar und verhärmten Gesicht enteilt im Fluge, „Felsen beben unter ihren Schritten, Höhen stürzen, es steigt das Tal, Berge sinken herab zu Ebenen", sie durchbricht das Dickicht des Waldes, „jagt als Wölfin über die Sümpfe, durch die Heide als Bär, schwimmt als Otter über die Flüsse."

Ihr Herz ist so liebesstark, daß es jeder Gefahr und jeder Anstrengung trotzt. Sie kennt weder schwere noch leichte Pfade, sie kennt nur einen Pfad, der zum Ziele führt. Steine stößt sie im Laufe vom Wege, reißt Bäume aus, die ihr den Weg verstellen. Sie fragt die Kiefer und den runden Mond nach ihrem Kinde: „Sahst du meinen goldenen Apfel, meines Alters silbernen Stab?" Aber der Baum, der Weg, der Mond haben genug mit eigenem Kummer zu schaffen, das Herzeleid der Fremden geht sie nichts an. Lemminkäinens Mutter wartet auf den Aufgang der Sonne, und die Sonne, der nichts verborgen ist, teilt ihr mit, daß der junge Held in Tuonelas düsteren Fluten ertrunken ist. Hier erreicht die Irrationalität der Liebe ihren Höhepunkt. Nicht einmal der Fluß des Todes schreckt die Mutter zurück. Die Liebe nimmt den Kampf mit dem Tode auf. Die Mutter eilt zum weitgepriesenen Schmied Ilmarinen, erzwingt sich von ihm einen Rechen, mit dem sie den brausenden schwarzen Strom durchsucht. Nur ein Hemd und andere Kleidungsstücke zieht sie heraus. Der Kalewala-Sänger sagt: „Weinend nimmt sie des Sohnes Strümpfe, schweren Herzens nimmt sie den Hut." Wer kennt nicht diesen herzzerreißenden Schmerz bei der Betrachtung von leblosen Dingen, die der Tote hinterlassen hat und die ihn überdauern. Die unglückselige Mutter ist todmüde, aber sie rafft sich wieder auf und zieht den Rechen gegen die Strömung. Endlich taucht der verstümmelte Körper Lemminkäinens empor, aber die Arme fehlen, die Glieder, die Hälfte des Hauptes fehlt, und vor allem das Leben selbst. Auf einem Baum krächzt ein Rabe: „Nimmer wird der Tote erwachen, Fische nagten an seinen Augen", mit anderen Worten: du willst Unmögliches, du willst

Tote auferwecken. Durch Jahrhunderte klingt diese heisere Stimme des Zweifels, die das zarte Gewebe des Glaubens zerreißt. Vom Gekrächz des Raben sich abwendend, tut die Mutter mit dem Rechen mächtige Züge und schließlich gelingt es ihr, alle Glieder des Sohnes herauszufischen. Eifrig setzt sie die Teile des Körpers zusammen, gibt jeder Sehne den rechten Platz. So schenkt sie dem von ihr geborenen, im Kampf verstümmelten und getöteten Sohn zum zweiten Mal das Leben. Die seelische Zerrissenheit ist schrecklicher als die körperliche, aber auch sie wird durch die Liebe überwunden.

Lemminkäinens Mutter beschwört alle guten Geister, Gott selbst muß ihr beistehen, damit der arme Junge in jeder Zelle wieder lebendig werde: „Also bildet die arme Mutter, so erschuf sie wieder den Sohn." Wie ein kleines Kind wiegt sie ihn in ihrem Schoß. Die Biene bringt ihr die wundertätige Honigsalbe, die die Spalten des zerstückelten Körpers schließt. Die Mutter, die Sonne, die Biene – unermüdlich Gebende, die weder Berechnung noch Bitterkeit noch Müdigkeit kennen und keinen Dank erwarten. Die Sonne verstrahlt ihre Wärme über die Gerechten und Ungerechten, die Biene sammelt Honig für Edle und Unedle, und die Mutter kennt weder gute noch böse Kinder, sie neigt sich und liebkost dasjenige Wesen, das ihren Schutz und ihre Hilfe am meisten benötigt. Die Sonne, die Biene, die Mutter, sie vertiefen und ergänzen einander, vollziehen das Wunder, das die Kalewala-Runen einfältig erzählen, das Akseli Gallén-Kallela mit der Wucht herabrollender Steine in seinen Bildern bannt und das Sibelius in seinen machtvollen Legenden zum Klingen bringt – diese ewig verwandelnde Kraft, die den Zerbrochenen heilt und über den finsteren Tuonela-Fluß, über unser schwarzes Zeitalter der Selbstverstümmelung und des Mordens ein unverlöschbares Licht ausgießt.

Die unmütterliche Frau und der mütterliche Vater

Wie hoch wir auch die Mutterliebe bewerten, so liegt in ihr fraglos ein biologischer Trieb, den alle Kreatur kennt.

Daß die Mutter ihr Kind tötet, geschieht im Tierreich seltener als in der Menschenwelt. Nach einer Statistik der letzten Jahrzehnte zählt man in Frankreich ebenso viele Geburten wie Fehlgeburten. Noch betrüblicher ist die Tatsache, daß es zehn Jahre nach dem sogenannten Frieden in Frankreich eine halbe Million körperlich und seelisch verwahrloster Kinder gab, und keines von ihnen hatte die Eltern gebeten, aus dem bergenden Nichts in das grausame Dasein hinausgeschleudert zu werden. Wenn es für alle qualvoll ist, vergebens auf das geliebte Wesen zu warten, das den an der verschlossenen Tür sich wundreibenden Blick nicht ahnt, dann wird das Kind, das auf das Kommen der nichtgewesenen Mutter vergeblich wartet, unter den Schmerztümern seiner kleinen Seele verschüttet.

Nicht jede Frau, die Kinder gebärt, ist Mutter, und jene, die keinen Sinn für Kinder haben, sind Männinnen.

Bereits Euripides kannte die unmütterliche Frau, die rachsüchtig wütende mit dem männlichen Herzen, das unselig grause Weib, die Unholdin, die Kindsmörderin, – große Liebe wurde für sie zum Fluch:

„Qualvolle Frauenliebe, du,
wieviel hast du schon der Welt Leid gebracht“,

singt der Chor. Medeas Herz ist aus Erz und Stein, heißt es in der Tragödie, sie ist zu jeder Greueltat fähig. Euripides, dem Rationalisten, der einen Sinn für das Pathologische hat und der den verborgensten, geheimsten Regungen der Menschenseele nachgeht, liegt es fern, Medea zu verdammen. Er mahnt: Nur wer gleiches Leid wie diese Frau erfuhr, darf über sie urteilen.

Nicht Medea trägt die Schuld, sondern der Jämmerling Jason, der die Mutter seiner Kinder, die alles um seinetwillen geopfert und ihn gerettet hat, verstößt, um mit einer anderen Frau Hochzeit zu feiern. Wer auf Liebe mit Nichtliebe antwortet, begeht einen seelischen Mord; doch anderseits wissen wir, daß in der Liebe sich nichts erzwingen läßt.

Wie die Fähigkeit der Frau im Verzicht unendlich ist, so unendlich ist auch die Rache der zur Entsagung Unbegabten, der Verschmähten. Medea haßt die eigenen Kinder, die sie ständig an den niederträchtigen Erzeuger erinnern. Mit eigener Hand vergiftet sie ihre Rivalin und tötet beide Söhne. Ihre Gefühle erreichen jenen Grad der Hochglut, die ein ethisches Werturteil unmöglich machen: es gibt Leben, wo die Ströme rückwärts fließen.

Im Laufe der Jahrtausende hat Medea, die unglücklichste der Frauen, ihre Jugend bewahrt und ist zum Sinnbild des vom Manne verstoßenen rachsüchtigen Weibes geworden. Ihr Inneres ist nicht nur von allen mütterlichen und weiblichen, es ist auch von allen menschlichen Gefühlen leergebrannt. Daß durch die Städte Europas Medeen geistern, steigert das Grauen unserer Zeit.

Im Berliner Bunker, im Hauptquartier, vergiftete 1945 eine Mutter eigenhändig ihre fünf gesunden, wohlgestalteten Kinder. Während die Kinder unbesorgt spielten, aßen und tranken, wurden fünf Särge für sie hereingebracht. Dieses Bild überschattet unsere Gegenwart: nicht alle Mütter starben am Mord ihrer Kinder. Sirenenschrill durchschneidet noch heute Medeas Stimme die Luft:

„Ach, ich erlitt unsägliches Leid!“

Unmutter ist nicht nur die Frau, die das physische Leben ihres Kindes erstickt, sondern ebenso auch die Frau, die durch Vernachlässigung und mangelnde körperliche und seelische Pflege ihr Kind dem Tode entgegenjagt. In dieselbe Kategorie gehören auch die kalte Dame und das rohe Weib, die für Sohn und Tochter die ewig Fremde – Eiswasser und Peitsche – bleiben.

Sonja Kowalewskaja wurde als Mathematikerin weltberühmt, aber nie kam sie darüber hinweg, daß ihre Mutter, die sich als zweites Kind einen Sohn gewünscht hatte, sich voller Abscheu vom „häßlichen Gör" abwandte und es den Ammen und Bonnen überließ.

Verängstigt und gehemmt trat Sonja ins Leben, ein niemals überwindbares Minderwertigkeitsgefühl hinderte sie an einer spontanen Liebeswahl und führte mehrfach zu einem Nervenzusammenbruch. Selbst nach ihren glänzenden mathematischen Vorträgen in Stockholm fühlt sie sich „schrecklich traurig". Vor dem Absturz ins Bodenlose schützt sie ihre Genialität, doch wie sollen sich die liebearmen Kinder retten, die ohne den Schild eines großen Talents in die Welt geworfen werden?

Ein alarmierendes Zeichen der Nachkriegszeit ist das Anwachsen der Kinderselbstmorde in allen Ländern. In den Vereinigten Staaten, wo man zuallererst den Mut aufgebracht hat, dieses Problem wissenschaftlich anzupacken, kausal und statistisch zu erforschen, haben sich in der Nachkriegszeit durchschnittlich sechzig Kinder im Jahr das Leben genommen, und zwar ausnahmslos Kinder im Alter bis zu vierzehn Jahren. Die frühesten Fälle betreffen bereits Fünfjährige. Die Nachforschungen ergaben, daß diese Kinder weder von verheerender Armut noch von unheilbaren Krankheiten heimgesucht waren. Der Grund ihrer Selbstentleibung war Mangel an Liebe, Liebesentzug, seelische Unterernährung. Was so ein kleines Wesen, das in der Vorpubertät die köstliche Gabe des restlosen Vergessens besitzt und fast ausschließlich aus Willen zum Leben besteht, gelitten und entbehrt haben muß, ehe es den widernatürlichen Schritt tat, ist in Worte nicht zu fassen. Und das in einer „christlichen“, freien, demokratischen Welt!

Am 19. Dezember 1957, also in der Vorweihnachtswoche, in der Zeit, die den Freuden der Kinder gehört, nahm sich der neunjährige Volksschüler Reinhard M. in München das Leben. Der Bub hatte zweiunddreißigmal die Schule geschwänzt, den Fußballplatz der Unterrichtsklasse vorgezogen. Der Vater hatte ihn wegen dieser Ungezogenheit tüchtig verprügelt. Als er nun kurz vor den Ferien eine schriftliche Entschuldigung seiner Mutter dem Klassenlehrer abgeben sollte, konnte er dies nicht über sein stolzes Knabenherz bringen. Er verstopfte alle Schlüssellöcher mit Watte und öffnete die Gashähne. Bei ihrer Heimkehr fanden die Eltern, die beide berufstätig waren, den Knaben tot am Boden liegen. Der neunjährige Reinhard war am Gift der Lieblosigkeit gestorben. Einer Statistik gemäß wächst die Zahl der Selbstmorde in der Bundesrepublik an. 1957 sind tausendeinhundert Selbstmorde, 1959 bereits eintausendfünfhundert Selbstmorde konstatiert worden, durchschnittlich also zogen vier Menschen täglich das Nichtsein dem Sein vor. Das Wirtschaftswunder rettet nicht vor seelischer Einsamkeit, bewahrt nicht vor dem Absterben mitmenschlicher Beziehungen.

Im kriegsverschonten Schweden, dem Land der Wohlfahrt und Wohlhabenheit, publizierte das Medizinaldepartement eine die Minderjährigen erfassende Statistik: 1955 – 1959 wurde von Jugendlichen durchschnittlich jeden Tag ein Selbstmordversuch verübt. Diese nackten Tatsachen sind ein nicht zu überhörender SOS-Ruf von Menschenkindern in einer liebeentleerten Welt. Lebensmut und Ausdauer, schöpferische Keime gehen in einer

Eiswüste der Dürftigkeit nicht unter, halten der Feuerglut der Prüfungen stand, wenn das Ich im Du – im kleinen Du des Mitmenschen oder im großen Du Gottes – wurzelt und sich geborgen fühlt.

Den mütterlichen Vater treffen wir vereinzelt auch im Tierreich. Nicht nur Vater Spatz, auch der Pirol sitzt brütend auf den Eiern, während das Mütterchen Urlaub hat, abspannt und sich Bewegung macht. Anderseits kennt man auch den bösen Kater und den Storchenvater, der seine Jungen erwürgt, als Mordwerkzeug den langen Schnabel gebrauchend. Dieser Kindermord vollzieht sich, wenn die nach Futter schreiende Nachkommenschaft dem Papa zu groß erscheint, besonders häufig im ersten Ehejahr.

Seltener als Mutterliebe ist Vaterliebe, und unser Herz ist so geartet, daß ihm das Seltenschöne besonders anziehend erscheint.

Daß die Liebe zum Kinde die gottnächste und allerzärtlichste ist, versinnbildlicht für alle Zeit Christus. Er, der selbst keine Kinder gezeugt hatte, herzt und segnet die Kleinen über Jahrtausende hinweg. Ich frage mich: Warum sieht man am Wegrand und in den Behausungen christlicher Menschen den gekreuzigten und nicht den kindersegnenden Heiland? Bei seiner unsichtbaren Wanderung durch unsere Welt tut ihm dieses sicher weh, denn er hatte wenig Sinn für lebensfeindliche, sadistische Todesqual, er legte uns ans Herz: „Wer ein solches Kindlein in meinem Namen aufnimmt, der nimmt mich auf."

Je mehr ein Mann Kinder liebt, desto näher steht er Christus. Selbst das verwitterte Gesicht eines rauhen Kriegers erhellt sich in göttlicher Milde, wenn er eines der Kleinen in seine Arme nimmt. Die Wehrlosigkeit des

Kindes zwingt den liebenden Vater zum Rittertum. Der Gegensatz von Schwäche und Stärke macht das Bild zu einem Wunder des Zartsinns und erhebt die einander vertrauenden ungleichen Wesen in eine transzendente, nur dem Menschen zugängliche Ebene.

Aber wie alle Urteile über Menschen, so darf man auch die Bezogenheiten vom Edelmut des Mannes und seinem Sinn für Kinder nicht verallgemeinern. Ein adliger Geist war fraglos Robert Musil, der die Grundelemente und die Verwirrungen unserer Zeit bloßgelegt hat; doch in „Kakanien" hat das Kind keinen Platz. In einem seiner Briefe heißt es, vor kleinen Kindern empfinde er wie vor Schnecken Ekel.

In dem Lande, das als das nüchternste und berechnendste gilt, wurde der Mann mit dem Christusherzen geboren, dem seine Zeitgenossen wie einem närrischen Kauz aus dem Wege gingen und ihn für einen entarteten Stadtbürger hielten. Heinrich Pestalozzi, dem Walter Nigg und auch Mary Lavater-Sloman das schönste Denkmal errichtet haben, besaß eine geradezu religiöse Unmittelbarkeit zum Kinde, eine Gefühlskraft, die so überschwenglich war, daß man sie östlich nennen könnte: „Sonst sind wir in unserer Schweiz lethargisch glücklich, mitten unter der sich bewegenden Welt. Indessen behagt meinem Personalgefühl dieses Glück nicht." Das Entscheidende war nicht, daß er die verlausten, verdreckten, kranken Kinder auf Neuhof sammelte und pflegte, nein, er entdeckte das Kind, wie Columbus das immer dagewesene Amerika. Im 18. Jahrhundert waren Kinder armer Leute nicht minderjährige Menschen, sondern willenlose, stumme, billige Werkzeuge in den Händen der Erwachsenen, die sie zu Fabrikarbeiten mißbrauchten. Bauern gaben ihren allzu reichlich sprießenden Nachwuchs als Sklaven ab, das waren die dem Untergang und der Verwahrlosung preisgegebenen Verdingkinder, die man als einen zum Leben gehörigen Schandfleck gleichgültig hinnahm, wie heute die Sklaven in Sibirien. Heinrich Pestalozzis Verdienst ist nicht die Gründung der Waisenhäuser, der Kinderbewahranstalten, die übrigens alle bankerottierten, sondern daß er das Kind, auch das kranke, verkommene, lasterhafte, als vollberechtigtes menschliches Wesen auffaßte.

Seine Narretei, sein Irrsinn, seine revolutionäre Tat war, das Christuswort aus dem Markus-Evangelium zu erfüllen. Auf die Frage, ob seine Phantastereien ein bestimmtes Ziel hätten und wohin er denn die Kinder führen wolle, antwortete er: „Immer weiter von diesem Punkt ins Unendliche." Das, was man jedem Kinde ermöglichen, wofür man sorgen müsse, sei ein „schöner Wuchs", das heißt, man dürfe ihm nichts Fremdes aufzwingen, sondern müsse die in ihm schlummernden Keime erforschen und zur vollen Entfaltung bringen.

Seine unfaßliche Einswerdung mit den schutzlosesten aller Schutzlosen, seine stellvertretende Leidensgemeinschaft, sein in die Tat umgesetztes Mitleiden, machten ihn zu einem Vorgänger Dostojewskijs, der den Begründer der modernen Volksschule schätzte und ihn als wegweisend empfand.

Dostojewskij wurde ein Jahr nach Pestalozzis Tod geboren, und es gibt eine Reihe von Pestalozzi-Aussprüchen, die Dostojewskijs Geist verwandt sind: „Liebe ist das einzige, das ewige Fundament der Bildung unserer Natur und Menschlichkeit." Nah berühren sich die beiden in ihrem Aufruhr gegen die Grausamkeit, mit der man die Kindsmörderinnen behandelt: „Es ist menschlicher, die Quellen der Verzweiflung dieser Elenden zu erforschen, als sie einer starken inneren Bosheit anzuklagen ... Ach, die Elende mordet nur, weil sie verzweifelt, und verzweifelt nur, weil sie einem Verbrecher anhing." Den gleichen Standpunkt vertrat Dostojewskij in einem Gerichtsverfahren: mit der ganzen Leidenschaft seiner Natur versuchte er eine Mutter zu retten, die ihr Kind in einem verdunkelten Bewußtseinszustand aus dem Fenster hinausgeworfen hatte.

Im 19. Jahrhundert war es vor allem Dostojewskij, der das Kind nicht als eine Halbinsel der Erwachsenen, sondern als selbständigen Kontinent erforschte. Er malte es nicht engelsgleich und auf Goldgrund, es war für ihn eine in sich geschlossene Welt mit eigenen Sternengesetzen und Vulkanausbrüchen, eine Welt, deren Tore sich nicht der stärksten Gewalt, aber auf zauberhafte Weise dem Anhauch geduldiger Liebe öffnen. Er war ein leidenschaftlich zärtlicher Vater, über den Tod zweier seiner Kinder war er noch untröstlicher als die Mutter, aber der höchste Ausdruck der Menschlichkeit war für ihn nicht die biologische, sondern die rein seelische Liebe zum Kinde, die er in der Hinwendung des Mönchs Aljoscha zum kleinen Iljuscha in unvergleichlicher Liebeskraft dargestellt hat.

Die russische Literatur ist ganz besonders reich an unvergeßlichen Kindergestalten. Die Kindheit des Grafen Leo Tolstoj hat ihr mächtiges Gegenstück in der Proletarierkindheit von Maxim Gorki. Die Kinder im Kosmos Tschechows liebt man wie die unserer Freunde. Die kleine Kindsmörderin in der Erzählung „Schlafen will ich" ist ohne zersetzende Chemikalien ein Meisterstück psychologischer Hellsicht:

Ein brutaler Kaufmann in einer Kleinstadt stellt ein achtjähriges Mädchen als Babywärterin an. Viele Nächte hindurch kommt das Mädchen nicht zum Schlafen. Sobald die Wiege nicht geschaukelt wird, schreit das Baby und stört die Erwachsenen, die zu rüden Strafen greifen.

Das Verlangen nach Schlaf steigert sich, wird so unabweisbar, daß die kleine Kinderwärterin das in der Wiege liegende Baby erwürgt. Ich habe diese Erzählung vor vierzig Jahren gelesen und noch heute sehe ich das verstörte Kindergesicht vor mir, wie ich auch Leonid Andrejews kleinen Sascha, dessen Kinderseligkeit mit dem wächsernen Weihnachtsengel zerrann, nie vergesse. Selbst die Sowjetschriftsteller verlieren ihren Propagandaton, wenn es sich um das Kind handelt.

Der unveränderliche Kern

Im Laufe der Jahrhunderte hat sich die Frau nicht nur in ihrer Kleidung, sondern auch innerlich mehr gewandelt als der Mann, vor allem auf das Ziel der Eigenständigkeit hin. Aber ihr Kern ist, wie alles Ursprüngliche, der gleiche geblieben. Wie bei einer Analphabetin in China, so hat bei einer Akademikerin in Westeuropa die seelisch-geistige Peripherie mit dem Zentrum engere Beziehungen als beim Mann. Bei ihr besteht das Innere nicht aus fest voneinander abgeschlossenen Waben, von denen die eine Honig, die andere Gift enthalten kann. Jede Zelle ist mit allen anderen verbunden, daher ist eine grausame Frau grausamer als ein grausamer Mann, und eine Heilige heiliger, eine Verzweifelte verzweifelter. Die Frau ist zu einem Doppelleben weniger fähig als der Mann, bei dem Denken und Tun, Beruf und Familienleben auf verschiedenen Gleisen laufen können. Ein in der Praxis selbstloser Arzt kann zu Hause ein Egoist und Tyrann sein und umgekehrt.

Es ist allgemein bekannt, daß die Flintenweiber noch schauerlicher sind als die das Land verwüstenden Marodeure, und in den Folterkammern sind die weiblichen Tschekisten noch mehr gefürchtet als die männlichen.

Der Schmerz trifft Adam in der Regel mehr oder weniger in der Peripherie seines Wesens; bei Eva, die dem Lebensursprung nähersteht, verletzt er das Zentrum selbst. Wie Verlogenheit, so ergreifen Haß und Rache, Liebe und Aufopferung ihr ganzes Sein. Auch an einer kleinen Wunde kann sie verbluten. Ihrer Natur nach besitzt sie nicht die Fähigkeit, einen Anprall der Außenwelt oder ein Gift der Innenwelt zu lokalisieren.

Der Mann, auch wenn er uns als Don Juan oder Brand entgegentritt, ist seinem Wesen nach entweder mehr Barbar oder mehr Ritter. Der Barbar will erobern, erniedrigen, vergewaltigen, besitzen, hassen, Götzen errichten und niedertreten, und vor allem will er Alleinherrscher sein: du sollst keine Götter haben außer mir. Der Urbarbar in unberechenbarer Willkür ist der legendäre Räuberhäuptling Stenka Rasin. Das russische Volkslied, vom urwüchsigen Genie Fjodor Schaljapin gesungen, bringt eine Seite des Ewigmännlichen zum Ausdruck. Stenka Rasin zögert nicht, die unter tausend Gefahren geraubte Fürstin im Augenblick, da sie ihn langweilt oder stört, wie Ballast über Bord zu werfen. Urkraft und Gewalttat, die sich in der zivilisierten Welt in Rücksichtslosigkeit wandeln, steigern sich bis zum Wahnsinn.

Der Ritter übt Selbstzucht. Er lebt, um die Hilfsbedürftigen zu schützen und die Geliebte, der er unbeirrbare Treue hält, zu besingen. Einer der besten Kenner des Don Quichotte, Miguel de Unamuno, sagt von seinem Lieblingshelden: „Don Quichotte liebte Dulcinea mit einer vollendeten, vollkommenen Liebe, einer Liebe, die nicht erst hindurchzugehen braucht durch den egoistischen Sumpf und die Lust am eigenen Ich.“ Nicht alle Ritter sind Don Quichottes, aber einige Züge haben sie mit der unsterblichen, von Cervantes geschaffenen Gestalt gemeinsam: ihre Liebe grenzt an Anbetung, und die Grundneigung ihres Wesens ist nicht so sehr besitzen, als – beschützen.

Auf meiner Fahrt durchs Leben ist mir aufgefallen, daß junge Männer, die der Kriegsdienst des Lebens noch nicht abgestumpft und vergröbert, widersinnige Vorschriften noch nicht verkrüppelt haben, aus freiem Willen Gefahren herausfordern und überwinden, vorausgesetzt, daß ein weibliches Wesen die vollführten Taten bewundert. Das Rittertum lebt in den Jugendlichen solange der spontane Übermut der Dienlust nicht zum Untermut herabgedrückt wird.

Der Bruder ist der seltenste Ausdruck der Männlichkeit. Fürst Myschkin (in Dostojewskijs Roman „Der Idiot“) und Aljoscha Karamasow waren es. Die Gestalt Aljoschas schwebte Dostojewskij als vollendet schöner Mensch vor. Rilke hatte sein Leben in einem so hohen Maße vergeistigt, daß er den ihn verehrenden Frauen Bruder war.

Auf kulturgeschichtlichem Gebiet ist der gewichtigste Bruder, einmalig in seiner ausdauernden unbeirrbaren Tatkraft, Theo van Gogh. Ohne seinen moralischen und materiellen Beistand hätte Vincent der Große noch längere Zeit von der ihm karg bemessenen Erdenfrist als Gehilfe bei Kunsthändlern und Photographen vergeudet und wäre unter dem unausmerzbaren Druck des Schicksalskreuzes in den hastig niederbrennenden Jahren noch eher zusammengebrochen: „Es ist schwer, außerordentlich schwer bei der Arbeit zu bleiben, wenn man nichts verkauft“, schreibt er fünf Jahre vor seinem Tode. Das schöpferische Ich kann an sich selbst zugrunde gehen, aber es kann nicht – und sei es genial – sich durch sich selbst verwirklichen. Heute ist es ein Zeichen der Unbildung, van Gogh nicht zu kennen, Bruder Theo aber erkannte die schmerzhafte Zartheit und die Unsterblichkeit Vincents, die ein Licht über Jahrhunderte werfen sollte, als Vater und Mutter ihn lästig empfanden, als man seine Werke für ein Unding hielt, ihn selbst einen Narren schalt und sich vor dem Irrsinnigen fürchtete. Hätten die flammenden Zypressen und die kreisenden Sonnen im schlichten Herzen Theos nicht einen Platz gefunden, wären die Bemühungen des Louvre und aller Kunstspezialisten, Bilder des genialen Malers zu erwerben, vergebens.

Als klassischer Menschenbruder sei hier Henry Dunant, der Begründer des leider immer mehr verblassenden Roten Kreuzes, genannt, und von unseren Zeitgenossen – der nüchtern didaktische Enthusiast, der eigenwillige Helfer der schwarzen Brüder – Albert Schweitzer: „Kein Mensch ist jemals einem Menschen ein vollständig und dauernd Fremder.“ Auch andere stellten sich in den Dienst der Schwarzen, er aber ging seinen Weg zu Ende und seine Größe rundet sich in seinem Lieblingswort „stetig“. Viele begeistern sich für das Gute, empören sich gegen Grausamkeit ein Illuminationsfest lang, aber das Lichtziel erreicht der Wanderer, der seinen Weg in der Nacht stetig fortsetzt. Aber es bleibe dahingestellt, ob Albert Schweitzer auch ohne den Beistand Johann Sebastian Bachs gesiegt hätte. Die Wahl des Meisters ist ebenso entscheidend wie die der Mitarbeiter.

Nur wenige von den Abenteurern im Namen Christi werden bekannt. Ein Lustmörder, ein Brandstifter, eine Nymphomanin wird von der Menge angegafft, die Helden des Verzichts, des freiwilligen Opfers bleiben meist unsichtbar, sie aber sind es, die zukünftiges Leben zeugen. Aus der Schar der Unbekannten ragt die Gestalt Pater Pires empor. Man braucht nur ins straffe Gesicht dieses hageren Fünfzigjährigen mit den aufmerksam beobachtenden Augen zu schauen, um zu glauben, daß es auch in unserer Zeit wahrhafte menschliche Größe und Güte, weltüberwindende Askese gibt. Keine Spur von Heuchelei, starrem Fanatismus oder plumper Wohltätigkeit, Herz und Vernunft halten das Gleichgewicht. In seiner weißen Dominikanerkutte sieht er wie ein Arzt im Operationszimmer aus, und er ist auch Arzt im Dschungel Europas. Der belgische Dominikanerpater, der kühne Resistenzler, der bei Ausbruch des Krieges das Kloster La Sarte i Huy, wo er Soziologie und Moralphilosophie lehrte, verließ, um sich aufs Motorrad zu setzen und den Engländern geheime Nachrichten zu übermitteln, begründete die Organisation mit dem bezeichnenden Namen „Europe du coeur", um dem homo fugiens eine Möglichkeit zum normal menschlichen, d. h. individuellen Leben zu geben. Das erste Europadorf entstand 1956 in der Nähe von Aachen. Nicht Rache löscht Mord aus, tatenfrohe Güte gebärt neues Leben; in diesem Sinne taufte er eines der von ihm gegründeten Europadörfer auf den Namen Anne Frank. Wie der eiserne Vorhang den Westen vom Osten trennt, so grenzt ein bleierner Vorhang die Vertriebenen und Losgerissenen von den Beheimateten und Verwurzelten ab. Diesen bleiernen Vorhang versucht der kriegerische Christ mit fester Hand zu durchbohren. Die Liebe zum Mitmenschen hat er sich während der deutschen Besatzung Belgiens in der Todeszelle der dreiundzwanzigjährigen Camille Mogenet, deren Mann die Nationalsozialisten erschossen hatten, erkniet. Er konnte die zartgliedrige, ausgemergelte, todesmutige Resistenzlerin nicht retten, ihren Weg in den fremden gewaltsamen Tod konnte er erleichtern, indem er ihr versprach, für die kleine Tochter zu sorgen. Das war am 23. Oktober 1941. Die Waise Mogenet wies ihm den Weg zu den unzähligen schutzlosen Kindern im Dschungel des Nachkriegseuropa!

Um zum Menschen zu reifen, bedarf der Einzelne der Fürsorge und Liebe des Einzelnen, dem er mehr bedeutet als alle anderen.

Pater Pire bekam den Friedensnobelpreis für das Jahr 1958, Abbé Pierre, der Mönch in der braunen Franziskanerkutte mit dem nach innen gerichteten Blick – Magengeschwüre. Aber auch er ist ein hartnäckiger Arbeiter im Weinberg Gottes, auch für ihn ist unmittelbares, freies, persönliches Dienen Selbstverständlichkeit.

Müde von den Sektanten und Buchstabensklaven, den Heuchlern, Schwätzern und Eisgekühlten war ich glücklich, als er, ein Wirklichkeits- und Tatmensch, ein Zeuge des Absoluten, an einem niederdrückenden, regenblinden Novembertag 1960, da man nichts vom Himmel sah, mich in Uppsala besuchte: lautlos öffnete sich ein unendlicher Horizont: reines Urchristentum ohne Unterschied von Konfession und Nationalität. Nicht durch religiöse Rhetorik und abstraktes Denken ist er seines Ichs und Gottes habhaft geworden, sondern durch das Bewußtsein der Mitverantwortung und der Hinwendung zum Du: „Nous sommes la face de Dieu pour nos frères." Konzentration auf ein bestimmtes Blickfeld, hartnäckig furchtloses Zuendegehen trotz Enttäuschung und Verrat, Lichttreue.

Der Lumpensammler von Emaus, der aus Abfall für Obdachlose in Paris Heime schuf, ist trotz seines innerlichen Leidens so stark, daß er die Last des Mitmenschen auf sich nimmt. 1958 mußte er nahezu zwei Jahre im Krankenhaus verbringen und sich mehreren schweren Operationen unterziehen. Er stammt aus einer reichen Familie in Lyon, aber seine Phantasie und Willenskraft, seine Fähigkeit der Entselbstung ist noch größer als das nach dem ersten Weltkrieg verlorene Vermögen seines Vaters, und er spürt die Verzweiflung der Elendsmenschen wie ein Geschwür am eignen Leibe, das man heute, gleich, mit eigener Hand aufstechen, reinwaschen und behandeln muß. Er weiß, daß Obdachlosigkeit wie auch das Zusammengedrängtsein vieler in einem Raum Menschenverachtung erzeugt, die keine Predigt auszulöschen vermag. Er organisierte die französischen Lumpensammler, errichtete mit wacher Vernunft eine ganze Industrie, die den Bau von mehreren Siedlungen in Paris ermöglichte. Festgeschnürte Geldbeutel der Gleichgültigen und Raffsüchtigen öffneten sich und manch ein armer Mann überließ dem Franziskanermönch seinen Tageslohn. Er war Abgeordneter im Parlament und kämpfte gegen tausend Widerstände. Les nouveaux messieurs erwiesen sich als die schlimmsten. Die Einwohner, der von ihm gegründeten Siedlungen, revoltierten gegen seine „ungerechte Forderung" unentgeltlich für die noch Unbehausten mitzubauen. Die Idee Abbé Pierres ist der uralte Grundstein alles menschlichen Lebens, wo er zerbröckelt, zerbricht das Gehäuse unserer Kultur: das Bewußtsein der Mitverantwortung und Mitschuld. Die Grundsätze seiner Reden und seines Wirkens sind schlicht, für jedermann begreiflich, unerfüllbar aber für Egozentriker und Parasiten: kein Wort ohne Tat. Jeder wird gebraucht, wenn er arbeiten will. Wer am meisten leidet, dem muß zuallererst geholfen werden. „Nichts hast du dem Menschen gegeben", sagt Abbé Pierre, „wenn du ihm nicht deine Freundschaft geschenkt hast." Er hat als Einzelner begonnen und hat nun tausende von Mitarbeitern in der ganzen Welt, die für ein kleines Taschengeld an den Heimen der Heimatlosen bauen: in Europa, in Amerika, in Afrika, in Indien, in Japan, nur nicht in der Sowjet-Union. Dieser Säkularpriester, den schwere Erkrankungen zwangen, aus dem Franziskanerorden auszutreten, erinnert durch die braune, kuttenartige Kleidung, die schwarze Barttracht, das bleiche schmale Gesicht, die gerade Nase, die dunklen eingefallenen Augen an den hl. Franz. Im ersten Augenblick wirkte er düster. Während bedeutungslose Sätze gewechselt wurden, saß er in sich versunken, es sah aus, als ob er schliefe, kaum aber fiel ein Wort, das ihn direkt anging – die Mobilisierung der guten Kräfte im Menschen – belebte sich sein Gesicht, es leuchtete förmlich vor Güte und Konzentration; lebhaft und treffend waren seine leisen Antworten:

„Die Menschen sind gut, nur haben die Europäer kein Ziel. Die Kommunisten haben ein Ziel, aber dieses ist nicht gut." Ich sagte, er habe nahezu ein Wunder vollzogen, indem er aus dem Nichts private Heime für vom Schicksal Geschlagene in allen Weltteilen geschaffen habe, aber der größte Kontinent der Not, Sibirien, wo der Mensch nicht nur entheimatet, sondern auch entmenscht wird, warte auf ihn: „Zwölf Millionen Sklaven, unsere christlichen Brüder und Schwestern harren der Befreiung!" Darauf erwiderte er streng:

„Haben Sie einen konkreten Vorschlag, wie man ihnen helfen kann?"

„Eine Delegation von einem Arzt, Priester und Journalisten müßte nach Workuta oder Kolyma fliegen, bei der Rückkehr vom Gesehenen Zeugnis ablegen, um einen sibirischen Kreuzzug der Humanität zu organisieren. Europäer lassen ihr Leben für die Afrikaner und wenden sich von der immer fortschreitenden Versklavung der Europäer ab."

„Ich kann eine persönliche Audienz beim Sultan in Marokko erreichen, nicht aber einen Passierschein in die Sklavenlager Sibiriens. In Sibirien können wir z. Z. nichts ändern, wohl aber im Kongo, damit dieser nicht zum zweiten Sibirien wird."

Ohne zu überlegen schrieb er in mein Gästebuch:

„Que Dieu nous aide à L'aimer et Le servir dans nos frères qui souffrent*." Und als unverwelkbares Geschenk blieb in meinem Herzen sein Wort: „Il n'est que d'être un bon serviteur**."

Wie bewundernswert auch die Tätigkeit Albert Schweitzers, Pater Pires, Abbé Pierres und anderer unbekannt gebliebener Friedensmenschen ist, so wird die überragende Persönlichkeit unserer Zeit der Befreier der Fronarbeiter Sibiriens sein. Die Errichter und Leiter der Konzentrationslager Hitlers werden noch heute verfolgt und gestraft, vor den Sklavenlagern Sibiriens schließt man die Augen im irrtümlichen Glauben, dadurch den Frieden zu sichern. Allein das Stöhnen der Geknebelten läßt sich nicht mit dem Geknatter und den Rauchwolken der abgeschossenen Sputniks zudecken.

In Amerika wurde die Sklaverei 1863 durch Lincoln aufgehoben. Es wäre an der Zeit, daß man hundert Jahre später das Schandmal der abendländischen Kultur auslöscht.

Der schwesterliche Mensch

Eine der Bestrebungen der Sowjetunion ist die völlige Einebnung männlicher und weiblicher Eigenarten, aber trotz radikaler äußerlicher Gleichsetzung in Beruf, Recht und Pflicht, hat die Frau durch alle Terrorjahre hindurch ihren weiblichen Urkern bewahrt. Olga Bergolz, eine der zeitgenössischen sowjetrussischen Schriftstellerinnen, klagt in ihrem erzählenden Gedicht „Die Antwort", man

* Daß Gott uns helfe ihn zu lieben und ihm zu dienen in unseren Brüdern, die leiden.

** Es handelt sich nur darum, ein guter Knecht zu sein.

lege ihr nahe glücklich zu sein, wenn die Hälfte der Seele, die Hälfte des Lebens gerettet sei, und schließlich müsse man zufrieden sein, wenn nur ein kleiner Seelenwinkel erhalten bleibe. Ergrimmt begehrt sie auf: „Wer aber sagt, daß ich mich teilen kann?" Leidenschaft ist nicht mit dem Metermaß zu messen. „Habe ich einen Schmerz, schmerzt meine ganze Seele, und die Freude flammt uneingeschränkt!"

Im Kampf gegen die Knebelung des persönlichen Lebens ist die russische Frau furchtlos und kühn aufgetreten. Die zeitgenössischen russischen Verfasser werden nicht müde, in rauhen Tönen ihr Preislied zu singen.

Jewgenij Jevtuschenko schreibt im Poem „Station Winter": Armut ist nicht äußere Dürftigkeit, innere Armut ist es, die den Menschen zerbricht. Er schildert das bescheidene Wohlleben und das tragische Sichauflehnen einer russischen Frau, die frostbebend durch ihr Haus geht. Das Zinkdach schützt sie nicht, der holländische Kachelofen – ein unerhörter Luxus im heutigen Rußland – erwärmt sie nicht, denn der Ehemann wurde ihr von der Partei aufgezwungen. „Hätte ich einen Mann, der mich liebt, was täte es, wenn er mich schlüge... Ich würde ihm die Füße waschen und das Wasser austrinken." Über Jahrtausende hinweg ist Maria Magdalena aus dem Evangelium in der russischen Frau auferstanden und geht in ihrer gewaltigen Hingabe weiter als in den vorhergehenden zweitausend Jahren. Die Aufeinanderfolge der Vorstellung erschreckt im ersten Augenblick. Das urrussische rohe Bild – der Mann schlägt die geliebte Frau (zur ungeliebten verhält er sich gleichgültig) – versinkt und läutert sich im urchristlichen, unaustilgbaren Symbol der Fußwaschung, die mehr als wissenschaftliche Psychologie, Seelenzerfaserungen und Entblößungen biologischer Vorgänge den Urdrang der Frau offenbart. Als ich in einer Großstadt das Leitmotiv des Poems von Jevtuschenko hervorhob: „Ich will ihm die Füße waschen und das Wasser austrinken", lachte man im Auditorium. Dieser Grad der Hingabe, die sich durch nichts abstoßen läßt, die Liebe, die so stark ist, daß sie das Unreine des Geliebten in sich aufnimmt, ohne selbst unrein zu werden, schien den Zuhörern nur des Spottes wert.

Die durch soziale Gesetze bedingten äußeren Lebensformen und die gegenseitigen menschlichen Beziehungen haben sich im Laufe der Jahrhunderte in hohem Maße gewandelt, auch ist die Art des Gebens und Nehmens schon dadurch eine andere geworden, daß die Rechtlosen ein Recht erhalten haben. Aber trotz aller Umstellung loht in allen Zeiten bei der Frau mehr als beim Mann eine ununterdrückbare Sehnsucht, die im Kern des menschlichen Wesens wurzelt: einer einzigen respektiv einem einzigen mehr zu bedeuten als allen anderen. Aus dem von Ewigkeit in die Ewigkeit rauschenden Menschenmeer als einzelner Tropfen in die Sonne emporgehoben zu werden.

„Weit süßer noch tönend als Saitenspiel und goldner als Gold" ist für Sappho die Nähe des geliebten Wesens. Und die Sappho des 20. Jahrhunderts, die ausdauernd vitale Anna Achmatowa, die Krieg, Revolution, Kerker, Verschickung am eigenen Leibe erlebt hat, nennt den schrecklichsten Tod den Mord, den der Mann an der Seele der Frau vollzieht.

Selbst wo die Polygamie gesetzmäßig erlaubt ist, ist *eine* Frau die bevorzugte Lieblingsfrau. Im alten Ägypten gab es unter den Gattinnen nur eine wirklich königliche Gemahlin, ebenso wie beim Volke nur eine Herrin des Hauses. In einem der ägyptischen Liebeslieder, die rund tausendfünfhundert Jahre vor unserer Zeitrechnung entstanden sind, heißt es: „Ohne den Geliebten schmeckt süßer Kuchen wie Salz." Und das Verlangen, mit dem Auserkorenen allein zu sein, ist so stark, daß selbst der gefangene Wildvogel im Käfig stört.

Im Innenweltraum hat sich im Laufe der Jahrtausende kaum etwas Wesentliches geändert: das Ich lebt im geliebten Du oder überhaupt nicht. Und das Du ist nicht ein Knopf am Mantel, der jederzeit durch einen billigeren oder teureren ersetzt werden oder weggelassen werden kann. Das Gefühl der Unwiederholbarkeit des geliebten Wesens steigert das Maß der Liebe wie auch den Schrecken des Todes.

Wie es Frauen gibt, die Kinder gebären und doch keine Mütter sind, so gibt es auch kinderlose Mütter, die schützend und segnend ihre Hand über alles Lebende breiten und die zarten Keime mit lebensfördernder Wärme wie Muttererde umfangen. Die Kaiserin Maria Theresia, die die an ihrer Leibesfrucht sich versündigenden Frauen rädern ließ, ist keine Mutter, aber ebensowenig ist es die Todesurteile unterschreibende Hilde Benjamin, auch wenn sie zehn Kinder zur Welt gebracht hätte. „Die alte Jungfer" Selma Lagerlöf aber ist Mutter: „In ihrem Herzen barg sie nichts von unserer Bitterkeit, denn sie hatte sie fortgeliebt." Diese Worte, die die schwedische Dichterin über ihre unverheiratete Landsmännin Fredrika Bremer schrieb, gelten für sie selbst, denn es war ihr Schicksal, allein zu bleiben, um in Millionen von Herzen zu leben.

Sigrid Undsets Hauptheldin – Kristin Lavranstochter – hat sieben Söhne in die Welt gesetzt, aber zur wahren Mutter wird sie erst am Ende ihres Lebens auf einer Pilgerfahrt, wo sie das kranke Kind einer fremden Frau weite Strecken trägt. Ihr aufrührerisches Herz faltet die

Flügel und findet Frieden, indem sie für dieses wimmernde Wesen Marias Segen erbittet.

Es ist selbstverständlich, daß der Frau wie jedem normalen Menschen alle Möglichkeiten zur Selbstverwirklichung offenstehen, aber das Entscheidende sind nicht ihre Rechte, ihre magische Potenz liegt in dem Haß und Zwietracht besiegenden Licht, das ihrem Herzen entströmt und allen Dingen Gestalt, Farbe und Form verleiht.

Wo Frauen wehrpflichtig sind oder sich freiwillig zum Kriegsdienst melden, zur Blutrache aufrufen, vollzieht sich eine Abwendung von den lichtspendenden und sinnerfüllten Urkräften; eine tötende Frau ist widernatürlich wie eine erkaltete Sonne.

Obwohl der Urkern der Weiblichkeit durch Jahrtausende hindurch der gleiche bleibt, ist nichts so charakteristisch für eine Epoche als das in ihr vorherrschende Frauenbild, das nicht immer zur gleichen Stunde mit der abgelebten Zeit stirbt und seine Ausläufer weit in die nächste Epoche hinaussendet. Auch stößt man allerorts auf Museumsstücke.

Die Frau des alten Griechenland ist die schöne Helena. Von ihrem Seelenleben erfahren wir nichts. Sie ist noch nicht Person, geschweige denn Persönlichkeit. Alles, was wir wissen, ist, daß sie überwältigend schön war; von dem, was sie innerlich erlebte, als Paris sie raubte, von ihrem Entzücken oder Schrecken, berichten die alten Dichter nichts.

Die repräsentative Frau des Mittelalters ist Beatrice, die holde Wegweiserin, die Heilige, die Niezuerreichende, die Sternengleiche. Die typische Frau in der ersten Hälfte des 19. Jahrhunderts – nicht nur in Deutschland – ist das immer zu erreichende Gretchen, das zu allem, was der Mann tut, ja und amen sagt, sich ihm hingibt, und ihm unwandelbar treu bleibt, ohne sich ein Urteil über seine Taten und Untaten zu erlauben.

Gretchens Zeitgenossin und Gegensatz ist Puschkins Tatjana, die klassische russische Frau, die Tschaikowskij in seiner Musik verklärt hat und die im Osten, wie Gretchen im Westen, zum Gattungsnamen geworden ist. Tatjana, die in Pasternaks Lara auferstanden ist, liebt Onegin, nimmt seine geistige Welt in sich auf und scheut sich nicht, ehe er ihr noch ein Zeichen der Sympathie geschenkt hat, den klassischen Liebesbrief zu schreiben, wie sie sich auch nicht scheut, den Mann schroff abzuweisen, der sie enttäuscht hat und in ihr nur die schwer zu erobernde Frau sieht. Übrigens ist Tschaikowskijs Oper eine der wenigen, in der sich die Lösung des Liebesproblems ohne die übliche pathetische Tötung der Liebenden vollzieht.

Die Frau des romantischen Zeitalters ist die von Hölderlin verewigte Diotima, die den Mann zu unsterblichen Werken inspiriert und ihm das Wesen wahrer Liebe offenbart. In der zweiten Hälfte des 19. Jahrhunderts tritt die emanzipierte, die männliche Frau in den Vordergrund, und ihr Sinnbild ist nicht eine Buchgestalt, eine Frau aus dem Leben wird Vorbild und Heldin: George Sand ist ihr Name. Sie zerbrach alle bürgerlichen Vorurteile, setzte sich für „freie Liebe“ ein, fand den Pianisten und Komponisten Chopin unwiderstehlich, den kranken Menschen Chopin unausstehlich. In Chopins Todesjahr schreibt sie an seine Schwester: „Einige Leute berichten, daß es ihm viel schlechter geht als sonst; andere sagen wieder, daß er bloß schwach und verdrießlich ist, und so habe ich ihn immer gekannt.“ In mehr als einer Hinsicht ist ihr die Freundin Nietzsches und Rilkes, Lou Andreas-Salomé, verwandt, die Treue einem einzigen gegenüber als Einengung, Kinderzeugung als Hindernis persönlicher Entfaltung ablehnte. In krassen, tragischen Farben repräsentiert den Typus der für Recht und Menschlichkeit kämpfenden Frau, Irlands Rote Gräfin, die Tochter des Aristokraten Henry Botth, die mit wild fliegendem Haar im Vierspänner durch die Städte rasend, die Freiheitskämpfer Irlands begeisterte. Sie preßte ihre Lippen nicht auf den Mund eines Mannes, sie küßte ihren Revolver, mit dem sie auf englische Soldaten schoß. Gelassen nahm sie den Richterspruch hin, der sie zu zwanzig Jahren Zuchthaus verurteilte.

Romain Rolland und Rilke, die in ihrer Wortkunst so unterschiedlichen Dichter, begegnen einander in der Auffassung der Frau. Beide lehnen die gewalttätige und ichsüchtige Liebe als ein erbärmliches Zubehör der vergilbten Vergangenheit ab und verpönen die falsche und gefälschte Liebe, die auf Gewohnheit beruht und ein Recht auf Besitz zu haben glaubt. Die Auffassung von der Frau als einem selbständigen Menschen mit ihren durch die Natur bestimmten Kräften und Schwächen ist auch in der zeitgenössischen Literatur wenig vertreten. Beim größten Teil der Verfasser ist die Frau ein dem Mann in der Sinnenwelt unentbehrliches, in der Alltagswelt nützliches Objekt ohne Eigenwert. Noch gilt der Mann als Maß und das ist ein Zeichen, daß das paternitäre Zeitalter, in dem Streitfragen durch Blutvergießen geregelt werden, noch nicht überwunden ist. Zu den wenigen Ausnahmen, die die Schwierigkeiten im Zusammenleben der Geschlechter in der Unschmiedbarkeit der männlichen Natur, in seiner Starrköpfigkeit und Selbstherrlichkeit sehen, gehört Rainer Maria Rilke. Er wirft dem Mann in der Liebe Dilettantismus, Mangel an Originalität vor: „Könnten wir nicht versuchen, uns ein wenig zu entwickeln und unsern Anteil an der Liebe zu haben? ... Wir sind verdorben vom leichten Genuß wie alle Dilettanten und stehen im Ruf der Meisterschaft ... wie, wenn wir hingingen und Anfänger würden, nun, da sich vieles ändert?"

Der kardinale Unterschied zwischen der emanzipierten, vermännlichten Frau des vorigen Jahrhunderts, die ein großes Stück Arbeit geleistet hat, und der selbständigen vergeistigten Frau unserer Zeit besteht darin, daß diese weder innerlich noch äußerlich dem Manne gleichen will, Haß und Rache aus ihrem Haus, ihrer Arbeit, ihrem Werk verweist und das Schicksal des Einzelmenschen auch über die genialste Idee stellt.

Beruf ist heute nicht Liebesersatz, sondern Existenz oder Berufung. Nicht Kasteiung, Vergeistigung ist das Ziel. Wenn in der Vergangenheit die Frau als erste Voraussetzung zur Ehe eine materielle Sicherstellung beanspruchte, so ist heute die unabweisbare Forderung gegenseitiges Vertrauen und Verstehen. Der geschlechtliche Akt ohne seelische Kommunion bedeutet Vermehrung der Einsamkeit.

Fenstervorhänge und Blumentöpfe verdecken nicht mehr den Blick ins Weite. Mann und Frau fühlen sich mitverantwortlich für die eigenen Kinder und für alle geborenen und ungeborenen. Die Frau liegt nicht auf Knien vor dem Manne, als aufrechtes Wesen ist sie gemeinsam mit ihm Mitarbeiterin Gottes.

Die von den Kämpferinnen der vergangenen Epoche durchgesetzten Reformen haben die Frau aus dem Gretchen-Kerker befreit und das Schandmal „alte Jungfer" ausgemerzt, indem sie das Recht auf selbständige Arbeit, das unermeßliche Glück der äußeren Unabhängigkeit, des Selbstdaseins erwirkt haben.

Aber wie früher, so ist auch heute die wahrhaft weibliche Frau in ihrer Liebe stärker als der Mann, ihre Hingabe will unermeßlich sein. „Das namenlose Leid ihrer Liebe ist immer wieder dieses gewesen: daß von ihr verlangt wird, ihre Hingabe zu beschränken." (Rilke). Auch die Frau des 20. Jahrhunderts, die selbständig denkende und urteilende, die nicht im Mann, sondern in der Wahrheit und Liebe wurzelt, kennt die Seligkeit der Hingabe; fragt aber: Für wen opfere ich mich, wem diene ich? Hat ihre Liebe Schiffbruch erlitten, flüchtet sie sich nicht in Krankheit oder gar in den Tod aus Rache am unverstandenen Schicksal und an der eigenen uneingestandenen Schwäche. Die Überfälle des Eros sind nicht lebensgefährlich, wenn man einen Halt im eigenen Innern hat und sich vom Erlebten distanziert. Geschieht es dennoch, daß die vergeistigte Frau unter einer Überlast zusammenbricht, so stürzt sie auf ihrem eigenen Weg. „Auch lieben ist gut, denn Liebe ist schwer. Liebhaben von Mensch zu Mensch: das ist vielleicht das Schwerste, was uns aufgegeben ist, das Äußerste, die letzte Probe und Prüfung." (Rilke).

Anstelle der emanzipierten Frau des vorigen Jahrhunderts ist heute der schwesterliche Mensch getreten. Mit einem hohen Gefühl der Verantwortung, mit Mut auch zu einsamer Selbständigkeit, mit einer Weisheit des Abstandes und geduldiger Güte hält sie in ihren Händen den Schlüssel zu einer neuen Epoche. Ich glaube an die Frau als an den schwesterlichen Menschen, das heißt an die Frau als das Gefäß des metaphysischen Lebens und suche sie in der Vergangenheit und Gegenwart, in der Dichtkunst und realen Wirklichkeit.

Die hohe Mission der Schwester, die mütterliche Jungfräulichkeit haben Dichter aller Zeiten gerühmt. Die Bibel berichtet im ersten Buch der Könige von Abisag: da der König David alt war und fror, ob man ihn gleich mit Kleidern bedeckte, brachte man zu ihm eine der anmutigsten Frauen im ganzen Gebiet Israel. „Und sie war eine sehr schöne Jungfrau und pflegte des Königs und diente ihm und der König erkannte sie nicht.“ Abisag begrub ihre erotischen Ansprüche und wurde unsterblich. Hätte sie sich geweigert, König David zu dienen, wäre sie im namenlosen Nichts versunken. – Griechenland schenkte uns die Gestalt der Antigone, die aus Liebe zum Bruder zur Märtyrin wurde und deren Bekenntnis wir in der Verlogenheit und Verderbtheit unserer Zeit nur ganz leise auszusprechen wagen, weil die bis in den Tod Liebenden heute unsichtbar bleiben.

Im 20. Jahrhundert ist die Schwesterlichkeit vom glühenden Christusmenschen, vom sarkastischen Idealisten Miguel de Unamuno verherrlicht worden. Um das Haupt der Abisag und der von ihm erschaffenen Tante Tula, deren Leben sich in der Liebe für ihre Schwesterkinder erfüllt, webt er einen Heiligenschein. Er sagt, das Wort Brüderlichkeit sei im Laufe von anderthalb Jahrhunderten verunglimpft und profaniert worden, möge das aus dem stinkenden Morast der Verrohung aufgehende Licht der Schwesterlichkeit die nächsten Jahrzehnte erhellen. Unvergeßlich ist die Gestalt der Schwester im Erstlingswerk des alle Ufer überschäumenden Amerikaners William Goyen. Der einzige feste Punkt in der verweslichen Welt, im zerbröckelnden, von einem gierigen Insektenheer und vergnügungssüchtigen Verwandten bedrohten Haus, ist Hattie. Von einer unnennbaren Kraft geborgen und angetrieben, hat sie nie ihr eigenes Leben gelebt, immer war es nur Plackerei und Arbeit für andere. Als sie ihre Schwester erzogen hatte, bemerkte sie plötzlich, daß sie eine alte Frau und allein war. Nicht einmal ein Waschlappen gehörte ihr, aber ihr Leben war reich, solange es jemanden gab, der immer nach ihr rief. „Daß einige von uns andere Leben finden müssen, um unserem eigenen Leben Sinn zu geben; daß wir in anderen leben und sie in uns; allein auf dem Strand der Welt, an diesen nackten Felsen angespült, o ich zerschmelze. Benenne! Preise! Verknüpfe!“ Die Liebe der Schwester ist noch selbstloser, noch seelisch freischwebender als die der Mutter – losgelöst vom Instinkt biologischer Bindungen, reine Zuneigung aus seelischem Reichtum. Wo die Schwesterlichkeit ausstirbt, vollzieht sich ein Kahlschlag im rauschenden Lebenswald.

Ein historisches Beispiel idealer, schwesterlicher Liebe sind die Beziehungen Maria Pawlownas, genannt Mascha, zu ihrem einige Jahre älteren Bruder, Anton Tschechow. Den Heiratsantrag schlug sie energisch ab, da sie sich nicht vorstellen konnte, wie der kränkliche Dichter im praktischen Leben ohne ihren Beistand zurechtkommen würde. Sie lebte durch ihren Bruder und blieb ihm auch nach seiner Heirat in allen schweren Stunden treu. Sein Testament legte er in die Hände dieser stillen, in ihrer Demut starken Frau. Den größten Teil seines Eigentums vermachte er ihr, auch die Villa in Jalta.

Eines der schönsten Beispiele schwesterlicher Liebe in der deutschen Dichtung ist Apollonia in der gleichnamigen Trilogie von Peter Dörfler: der Opfergang einer schlichten Müllerstochter, die unverheiratet bleibt und mehreren Generationen ihrer Familie Beschützerin und Erzieherin ist.

Eine der vielen Variationen des schwesterlichen Menschen ist die Krankenschwester, die man in meiner Heimat Barmherzige Schwester nannte. Und fürwahr, der Barmherzigkeit bedürfen wir alle, nicht nur in den Gebäuden, die das Zeichen des Roten Kreuzes tragen, denn das Leben ist heute ein Irrenhaus.

Auch der größte Arzt ist ohne eine zuverlässige Schwester hilflos. In Riga pflegte man zu sagen: Der Chirurg operiert, der liebe Gott kuriert, wo eine Schwester wacht.

Ein wegweisendes Beispiel des schwesterlichen Menschen ist die berühmte Kristallographin Kathleen Lonsdale, Mitglied der „Society for Social Responsibility in Science", die sich in ihren Vorträgen und Aufsätzen energisch gegen den Mißbrauch der wissenschaftlichen Entdeckungen einsetzt und die Ansicht verficht, daß der Wissenschaftler für die Verwendung seiner Entdeckungen und Erfindungen verantwortlich ist.

Als eine der sichtbaren Frauen unserer Zeit, die Heimwohligkeit mit nüchternem Idealismus und der Überlegenheit schwesterlicher Umsicht verbindet, sei hier die Schwedin Britta Holmström genannt, die Leiterin der Innereuropäischen Mission, und wenn ihre Hand auch nur um einen Tropfen das Meer des Elends verkleinert hat. Das unübersetzbare schwedische Wort „givmildhet", das das deutsche Mildtätigkeit nur zum Teil aussagt, bringt ihr Wesen zum Ausdruck. In hartnäckigem Glauben an die Solidarität aller Menschen und tatfestem Zugreifen ist sie eine von jenen Frauen, die den Urwald Europas roden. Nicht das ichauslöschende Kollektivlager, Einzelheime gründet sie mit Hilfe der Mission in den Trümmerfeldern. Liebende Ehegattin – ihr Mann hat ihr das Buch mit dem schönen Titel „Mitmenschlichkeit" gewidmet –, Mutter frei und fröhlich aufwachsender Kinder, ist ihre weitverzweigte, von der Vernunft überwachte Tätigkeit nicht ein Ersatz persönlichen Scheiterns oder mißglückter Liebe, nicht Geltungsbedürfnis oder Ehrsucht – Christus ist ihr Wegweiser. Übrigens ist Britta Holmström eine typisch schwedische Erscheinung: Heim und Himmel werden voneinander nicht getrennt.

Die heilige Birgitta von Vadstena, die sich ein Sprachrohr Gottes und die Braut Christi nannte, ist eine der ganz wenigen Heiligen, die um des Himmelreichs willen dem Irdischen nicht entsagte. Mutter von acht Kindern, eine vorzügliche Hausfrau, pilgerte Birgitta nach Spanien und Italien, verhandelte mit dem Papst und warf dem schwedischen König seine unziemliche Handlungsweise vor.

Ob Medea, Maria, Abisag, Antigone, Beatrice, Gretchen, Tatjana, George Sand, Anne Rivière oder Birgitta von Vadstena in der Liebe tonangebend ist, hängt gleichermaßen von der Frau wie vom Manne ab. Verfolgen beide Partner die gleiche Lichtrichtung, ist ihr Leben erfüllt. In jedem Sein der Frau spiegelt sich das des Mannes (und umgekehrt): des Vaters, Bruders, Geliebten, Lebensgefährten, Freundes und Vorgesetzten. Nichts zeugt so eindeutig vom Wert oder Unwert des Mannes und auch der Frau, wie die Wahl des Lebenspartners. Erst durch die Zu- und Abneigung zum anderen Geschlecht erhält die Frau und der Mann das eigene Gesicht und wirkt sich gestaltend auf die Zeit aus.

In den modernen Romanen und Filmen ist die Nachgeburt des Krieges: der Mörder, Lüstling, Verbrecher, die Hure, Wachspuppe und der Vampir vorherrschend.

Ein großartiges Bild der Nachkriegsfrau zeichnet Lawrence Durrell in seinem „Alexandria-Quartett"; je weiter der Roman fortschreitet, desto mehr nimmt Justine die Züge einer Symbolgestalt an: „Nymphe? Göttin? Vampir? Ja, das alles war sie und auch wieder nicht. Sie war, wie jede Frau, alles, was ein Mann sich in seinem Geiste vorzustellen wünscht. Es gab sie seit je und zugleich hatte sie nie existiert! Unter all diesen Masken verbarg sich wiederum nur eine Frau, jede Frau, die wie eine Gliederpuppe in einem Modesalon darauf wartet, daß der Poet sie kleidet und ihr Leben einhaucht." Der Autor schildert die fruchtbare Passivität, mit der sie, dem Monde gleich, von der männlichen Sonne ihr Licht aus zweiter Hand borgt.

Um die Verantwortung von sich zu weisen, bespöttelt

man Selbstaufgabe als fade Lächerlichkeit, ethische Ansprüche als platte Weltverbesserung und interessiert sich für abstrakte Malerei, für elektronische Musik, das heißt für mechanische Geräusche, wo der Sinuston, der allen Obertönen entkleidete, abstrakte Ton an sich das Grundelement ist, für den seelen- und beziehungslosen Menschen, für den barbarischen Mann und die unmütterliche Frau, die Männin, und liebt niemanden und nichts.

Die überzüchteten Rosen unserer Zeit haben ihren Duft verloren.

ÜBER HEITERKEIT UND GÜTE

Sub specie hilaritatis

Es ist uns nicht gegeben, in die Geheimnisse Gottes einzudringen, wohl aber für die Vollkommenheit der Seele zu sorgen. Im Laufe der Jahrhunderte ändert sich das Wertbewußtsein; in verschiedenen historischen Epochen sind verschiedene Werte akzentuiert und hervorgehoben worden, aber die Werte als solche bleiben durch Jahrtausende bestehen. Wie ein rechter Winkel immer neunzig Grad umfaßt und die Summe der Winkel im Dreieck immer zwei Geraden gleicht, auch wenn es in der Welt kein einziges Dreieck mehr gäbe, so beharrt ein ewiges, unwandelbares Reich der Werte, und die Aufgabe des Menschen ist, diese zu verwirklichen. Im Unterschied zum Tier besitzt er die Fähigkeit, die Kluft zwischen der realen und idealen Welt zu überbrücken, zwischen der Welt des Zufalls und der Sinnlichkeit einerseits und der ewigen geistigen anderseits. Wir leben, indem wir auf der Himmelsleiter wandern: empor zu den Ideen und hinab in die Welt, um diese zu verwirklichen. Die alten Griechen waren sich über die Tugenden, die die unterschiedliche menschliche Substanz ausmachen, das heißt, die sittlichen Grundwerte, die Personalwerte, die durch ihre Ausstrahlung das Leben gestalten, im klaren.

Heute ist das Gute ein entwürdigter Begriff, Tugend etwa gleichbedeutend mit Altjüngferlichkeit und Langweile, ein kaum noch gesellschaftsfähiges Wort, also etwas, worüber man sich lustig macht. Jeder durchschnittlich gebildete Mensch wird auf die Frage, welches die größten, die europäische Erde erquickenden Flüsse sind, ohne Zögern antworten. Auf die Frage aber, welche Personalwerte den dürren Menschensand beleben, reagiert man mit einem verworrenen Gestammel: ja, wie man's nimmt ... Was diesseits der Pyrenäen gilt, gilt nicht jenseits. Und in allen Schulen, auch in der Lebensschule, gilt Ethik heute als Nebenfach.

Thomas Mann spottet über die Tugenden als etwas allerdings Nützliches, aber Minderwertiges, und preist als höchstes Gut das unnützlich Schöne. Das ist der durch Oscar Wilde begründete, heute überlebte und leblose Ästhetizismus, denn in Wirklichkeit ist das Gute schön und nicht das Böse. Kaum jemand wird das Gesicht eines Mörders schön nennen, dagegen hat jedes Kindlein, das das Böse noch nicht kennt, etwas rührend Anziehendes: es ist noch nicht in sich zerfallen und gespalten, die Lebenswüste hat den himmlischen Tau noch nicht ausgedörrt.

Schön ist ein Gesicht, das die Gedanken Gottes widerspiegelt, häßlich sind die vom Satan geprägten Züge. Kein Maler wagte Pestalozzi zu malen, niemand fühlte sich fähig, die biologische Häßlichkeit dieses Gottesknechtes mit der unendlichen seelischen Schönheit, die er ausstrahlte, wiederzugeben.

Eine vollständige Tafel der Personalwerte aufzustellen, ist eine unerfüllbare Aufgabe. Edle Taten und edle Menschen erwecken Ehrfurcht, sind aber nicht wiederholbare Typen, denn jedes Ich ist exklusiv, in eine allgemeine Form nicht zu pressen. Allein, ein Nachsinnen über diese Fragen ist fruchtbar.

Das platonische System der Ethik gipfelt in der Gerechtigkeit, der Krönung von Selbstbeherrschung, Tapferkeit und Weisheit. Die größtmögliche Vergeistigung, ein Sichbesinnen auf die Welt der Ideen ist der Sinn des Menschenlebens und das Endziel – die Vereinigung mit der Idee des Guten. In diesem Gedanken liegt das unsterbliche Erbe Platons. Und für Aristoteles ist jede Tugend ein Mittleres zwischen zwei Extremen, die beide Schlechtigkeiten sind; das ist seine berühmte, noch heute zu beherzigende Mesotheslehre. Besonnenheit ist zum Beispiel eine Tugend, die ein Mittleres zwischen Zügellosigkeit und Gefühllosigkeit darstellt. Tapferkeit muß die Mitte zwischen Feigheit und Tollkühnheit wahren. Also: kein ethischer Wert ist ein Wert an sich, erst durch seine Bezogenheit wird er dazu. Durch das Christentum kam in die Welt ein ganz neuer Begriff des Guten. Platons Gerechtigkeit bedeutet Gleiches den Gleichen, Ungleiches den Ungleichen. Aristoteles gab seinem Zögling Alexander den Rat, für die Griechen wie für seine Freunde zu sorgen, die Barbaren dagegen wie Haustiere und Nutzpflanzen zu gebrauchen, und diese unchristliche Einstellung hat sich bei manchen Staats-, Verwaltungs- und Schulleitern bis auf den heutigen Tag erhalten.

Daß Christus Gleiches für alle beansprucht, ist ein ganz neuer Begriff gegenseitigen menschlichen Verhaltens und macht seine Lehre zu einer herrlichen Utopie. Die christliche Urtugend ist Reinheit des Herzens. „Selig sind, die geistig arm sind ..." Ein kindliches Gemüt öffnet die Pforte des Himmelreichs. Die antike Ethik kannte den Reinheitswert, der in der altlettischen Ethik durch das weiße Gewand symbolisiert wird, in diesem Sinne nicht. Aristoteles sprach dem Kinde die Eudämonie, die Glückseligkeit ab und steht durch diese Auffassung Christus noch sehr fern. Die reinen Herzen, die einander auch in der Finsternis der Fremde erkennen, brauchen keine Verkleidung, ihre Nacktheit ist nicht Blöße, ein Gefühl der Scham und Minderwertigkeit plagt sie nicht, daher ihre Offenherzigkeit, die den Falschspielern als Torheit erscheint.

Ein Erbe des Aristoteles, der das Ethos der Persönlichkeit und das verwahrloste metaphysische Denken in unserer Zeit wieder zu Ehren gebracht hat, der Mann, der in Jahrhunderten dachte, ist der Rigenser Nikolai Hartmann. Der Kern seiner Philosophie ist ein ewiges, unwandelbares Reich der Werte und der freie Mensch das Letzte, Höchste und Wichtigste. Daß irgend etwas im Himmel und auf Erden darüber ginge, wäre unmoralisch und ein Verrat am Menschen, dessen innere, dem Willen entzogene Stimme eine selbständige, selbsttätige Macht aus der Welt der idealen Werte ist. Nachdem ich die von Nikolai Hartmann erarbeiteten Erkenntnisse zum Teil angenommen, zum Teil abgelehnt hatte, mußte ich einsehen, daß der Mensch allein als abgetrenntes Wesen weder gut noch böse ist. Vom Mitmenschen losgelöst, kann er weder seine Ichsucht überwinden, noch Tapferkeit, Gerechtigkeit und all die anderen Tugenden verwirklichen. Um ein menschenwürdiges Zusammenleben zu gestalten – und dieses ist eine unserer schwersten Aufgaben – ein Zusammenleben, wo niemand sich erdreistet, Freudenzerstörer zu sein, ist Selbstbeherrschung notwendig. Ohne dieses Rüstzeug geboren, müssen wir es uns mit eigenen Händen zurechthämmern. In dem Maße, in dem uns diese Arbeit gelingt und wir unsere Rüstung ohne Versteifung und ohne Stolpern tragen, entsteigen wir dem Tier, das seine Wut, seine Gelüste und Begierden erst durch die vom Menschen aufgezwungene Dressur bändigen lernt.

Eudoxos, ein Schüler Platons, ist nicht durch seine Schriften und Lehren, sondern durch seine vorgelebte Selbstzucht unsterblich geworden. Seine Erkenntnisse fanden Glauben weniger um ihrer selbst willen, als um des vorzüglichen Charakters des Mannes. Nur wo Kultur einen persönlichen Akzent und ein hohes Niveau hat, unterscheidet man auch in der Verkleidung den Jämmerling und Schuft vom Edelmann, verborgene Substanz von flimmerndem Talmi. Unsere Kenntnisse über den Körper und die Seele des Menschen sind heute unvergleichlich umfangreicher als im Altertum, aber unser Sinn für den Menschen ist verkümmert. Am Eudoxos unserer Zeit geht man gleichgültig vorüber.

Wie rühmenswert die Beherrschung des eigenen Selbst sein mag, so bedarf auch dieser Personalwert einer Komplementärtugend aus dem Gebiet des Gefühlslebens. Selbstzucht an sich kann in starre Kälte oder in leblose Dressur ausarten und zu Verbrechen führen. Welch stählernen Willen besitzen Dostojewskijs Zuchthäusler!

Erst durch die Fähigkeit, Gutes von Bösem zu unterscheiden, erst durch Disziplinierung und Veredelung der niederen Triebe im Dienst der höheren, wird Selbstzucht zu einem positiven Wert.

Der Mensch ist nicht nur in physischer, er ist auch in seelischer Hinsicht ein Organismus, in dem alles mit allem zusammenhängt, einander bedingt und ergänzt.

Auf ethischem Gebiet darf also nichts für sich allein genommen werden, jeder Wert erfährt nur in der Vereinigung mit anderen seine Sinnerfüllung. Selbst die von den Griechen als Höchstes anerkannte Gerechtigkeit wird, wenn sie sich übersteigert, zum Fanatismus. Blinde Treue kann in Stumpfheit ausarten; Wahrheitsdrang ohne Takt und Rücksicht auf Verletzbarkeit des Partners ist schlimmstes Barbarentum.

Wenn die Personalwerte erst durch einen komplementären Wert ihre volle Gültigkeit erhalten, dann will ich zwei Werte nennen, die sich durch sich selbst erfüllen und für den Kranken wie den Gesunden, für den Schwachen wie den Starken, für den weiblichen wie den männlichen Menschen, für den genialen Schöpfer wie den schlichten Arbeiter lebensfördernd sind. Im Seelengewölbe erstrahlen zwei Sterne, von denen jeder auch ganz allein die dunkelste Nacht erhellt: der eine heißt Heiterkeit, der andere Güte.

Seit meiner Kindheit habe ich spielerische Leichtigkeit, die am Widerstand der Wirklichkeit nicht zerbricht, und ohne in platten Optimismus zu verfallen, Licht ausstrahlt, als den schönsten Schmuck des Menschen bewundert. Zu dem, was ich bereits in „Mosaik des Herzens" und „Um des Menschen willen" über dieses Thema gesagt habe, will ich hier noch einiges hinzufügen. Der Baum der Heiterkeit ist die Mimose, die Duft, Grazie und Sonnenwärme verstrahlt.

Die romanischen Völker haben ein unübersetzbares, südlichen Himmel in sich bergendes Wort: serenitas. Serenität ist nicht ein Hinüberplätschern über Nacht und Sterbestunden, nicht ein Sichverschließen vor unbeantwortbaren Fragen, nicht Sammlung zerreißende frivole Lustigkeit, nicht ein munteres Zerschwatzen zartester Seelenregungen, sie ist jenes milde güldene Licht, das durch das Dach des herbstlichen Ahorns rieselt, das uns in Schuberts Forellen-Quintett entzückt und für das Mozart ein Synonym geworden ist. Trotz seiner vielen Erkrankungen und Enttäuschungen blieb Mozart zeitlebens ein Kind; die dürre Ernsthaftigkeit der Erwachsenen befremdete ihn und er schuf Melodien von einer Reinheit, daß Richard Strauß sie mit den Ideen Platons verglich. „Du bist so groß, den Tod selbst zu versöhnen", schrieb Weinheber, Mozarts gedenkend, der den Tod den wahrsten, besten Freund der Menschen nannte, den Schlüssel zu unserer wahren Glückseligkeit. Wenige Wochen vor seinem Tode bekannte er: „Heiteren Sinnes muß man sein, ganz gleich wozu einen die Vorsehung bestimmt hat.“

Über Mozart ist so viel geschrieben worden, daß eines Menschen Leben nicht ausreicht, um all die dicken Bände zu lesen; den Sinn seines Lebens hat er in seiner Musik und den folgenden Worten ausgesprochen: „Genie ohne Herz ist ein Unding. Nicht hoher Verstand allein, nicht Imagination, nicht beide zusammen machen Genie. Liebe, Liebe, Liebe ist die Seele des Genies.“

Heiterkeit strahlt uns aus den Bildern Henri Matisses, der Nizza zu seiner Wahlheimat machte, entgegen. Von den anderen Impressionisten unterscheidet sich dieser phantasiereiche Kolorist durch Gesetzmäßigkeit, Reinheit, Ordnung, Mäßigung. Der Meister der klaren Farbe und des schönen Handwerks ist eine der Oasen der Gelöstheit in der modernen verkrampften Malerei: „Man muß das Glück aus sich selbst schöpfen, aus einem reinen Arbeitstag und der Erhellung, die er in den Nebel um uns hineinträgt“, sagt Henri Matisse, der die Fähigkeit auch zum Wortzeugnis besaß. Bei einem Porträt kam es ihm nicht so sehr auf die Richtigkeit der Proportionen wie auf ein inneres Leuchten an: „Man muß sich der Wirklichkeit ganz klar, rein und unschuldig darbieten, scheinbar erinnerungslos, gleich einem Kommunikanten, der zum Abendmahl geht.“

Auch unter den Bildern des musikausübenden Malers Paul Klee, für den mathematische Technik nicht Selbstzweck war, gibt es Werke sonnigster Heiterkeit. Sein „Junger Baum“, der in dieser Erde wurzelt und doch einer Überwelt angehört, ist von schwebender Leichtigkeit. In seinen letzten Lebensjahren verdüsterte sich allerdings die von ihm geschaffene Welt unter dem Druck der unheilbaren Krankheit und der Kriegsereignisse. Das ständige plötzliche Wechseln von Dur und Moll illustriert sinnfällig das Nahsein von Heiterkeit und Melancholie.

Der Melancholische ist nämlich nicht das Gegenteil des Heiteren, dieses ist der Bewölkte, der über das kleinste Hindernis stolpert und zu keiner schöpferischen Tat fähig ist.

Chopins Musik ist bald träumerische, bald glutvolle Melancholie, seine Briefe sind voller Humor und Heiterkeit.

Heiterkeit trägt freudespendende Dinge heran, Verdrießlichkeit tritt sie nieder.

Manche leiden mit zusammengebissenen Zähnen, andere geduldig und gelassen aus Überdruß am Leben und an sich selbst; den Heiteren söhnt eine Glockenblume am Wegrand, der Händedruck eines Freundes mit dem Wirrsal im eigenen Innern und der Düsternis des Lebens aus.

Egozentrische Naturen, die vor einer nieverheilenden Amfortaswunde die Augen schließen, sich von dieser wie vor etwas Unästhetischem abwenden, sind flachen, munter fließenden Bächlein gleich, nie und nimmer einem heiter-ernsten Weiher, der winzige Halme und unerklimmbare Gipfel spiegelt.

Der eitle Selbstgerechte, der sich hütet, seine Fehler einzugestehen und als vollkommen gelten will, kann sich nie zur Heiterkeit aufschwingen, aus Angst, seine geheimen Mängel könnten entdeckt werden; den Unbefangenen dagegen schützt ein Panzer aus unsichtbaren Sonnenstrahlen vor Angriffen der äußeren und inneren Welt.

Würde man den Lebensplan kennen, so wäre es leichter, die Heiterkeit zu bewahren, oder auch – unmöglich.

„Hüten Sie sich vor der Traurigkeit, sie ist ein Laster", schrieb Flaubert, der selbst unter der schwarzen Last litt, an Maupassant, den er wie einen Sohn liebte.

Fröhlichkeit des Geistes, so lehrte der heilige Francesco, ist das sicherste Mittel gegen die tausend Schliche und Fallen des Bösen. Der größte Triumph des Teufels: wenn er einem Knechte Gottes die Heiterkeit rauben kann. Der Höllenbeherrscher führt einen feinen Staub mit sich, den er in seinen, kaum merklichen Dosen in unsere Innenwelt streut, um die reine Gesinnung und den Glanz der Seelen zu trüben. Die Seelenfenster des niedergedrückten Menschen sind trübe, weder die Himmelssonne noch andere Sonnen können ihn erreichen. Dagegen kann der Teufel einem Knecht Christi gegenüber nichts ausrichten, wenn in diesem die heilige Fröhlichkeit des Geistes herrscht. Ist einem jedoch weinerlich zumute und meint er in seinem Kummer verlassen zu sein, so reibt ihn entweder die Traurigkeit wund oder er wendet sich eitlen, kurzlebigen Vergnügungen zu. Darum war es dem heiligen Franz von Assisi stets daran gelegen, ein heiteres Herz zu haben und jene Salbung zu bewahren, die vom Öl der Freude gespendet wird. Er floh die Seelennacht, wohl wissend: wo sich Traurigkeit festsetzt, wächst das Übel; und sofern es sich nicht in Tränen löst, bleibt ein dauernder Schaden.

Den Geist mit dem Öl der Freude zu salben, war Dostojewskijs höchstes und letztes Lebensziel. Durch den Mund des Staretz Sossima lehrte er an seinem Lebensabend: „Bittet Gott um Freude. Seid froh wie die Kinder, wie die Vöglein unter dem Himmel." Diesen heiteren Dostojewskij kennt man im Westen kaum, vielleicht darum, weil man sich nicht vorstellen kann, daß ein Höllenwanderer Schwefelgeruch und Finsternis abzuschütteln vermöchte. Aber gerade der Hintergrund der Hölle und Verzweiflung ist es, der der Heiterkeit ihren methaphysischen Kontrakt verleiht. Ohne diesen versinkt die Helligkeit der Seele ins Idyllische, wie beim blumenfrommen Karl Heinrich Waggerl. Die Wiese, in der er jeden Käfer und Halm kennt, bedeutet für ihn die ganze Welt.

In der neueren Dichtkunst hat Hermann Hesse im „Glasperlenspiel" die Heiterkeit zum tragenden Prinzip gemacht. Schon die bloße Vorstellung, sich mit Perlen zu vergnügen, nimmt Dingen und Geschehnissen den vierschrötigen Ernst. Hesse erzählt, er habe die Mischung von Ironie und Heiterkeit von den Chinesen gelernt. Zu dieser chinesischen Haltung gesellen sich in seinem Spätwerk die ironische Weisheit des alternden Mannes, abendländische Devotion, deutscher Ernst und deutsche Pathetik. Der subtile Gärtner und Eremit von Montagnola, eine der privatesten Persönlichkeiten unter den gegenwärtigen Dichtern, nennt im Glasperlenspiel, in einer Welt ohne Laster und Leidenschaft, die Heiterkeit die allerhöchste Tugend. Sie ist für ihn Geheimnis des Schönen, eigentliche Substanz der Kunst. Er singt ihr einen Hymnus, der in seinem holden Klang uns an die von ihm geliebte Musik Mozarts und vielleicht noch mehr an die Purcells erinnert. „Sie ist ein Bejahen aller Wirklichkeit, Wachsein am Rand aller Tiefen und Abgründe, sie ist eine Tugend der Heiligen und Ritter, sie ist unzerstörbar und nimmt mit dem Alter und der Todesnähe nur immer zu." Und das schönste Selbstbekenntnis, das Hesse geschrieben hat: „Der Blick in den Sternenhimmel und ein Ohr voll Musik vor dem Zubettgehen, das ist besser als alle Schlafmittel." Wohl kaum jemand, außer Schopenhauer und Nietzsche, hat in der deutschen Literatur die läuternde, engelsgleiche Macht der Musik so eindringlich geschildert wie Hermann Hesse. Von einer Sonate Purcells heißt es: „Wie Tropfen goldenen Lichts fielen die Töne in die Stille, so leise, daß man dazwischen noch den Gesang des alten laufenden Brunnens im Hofe hören konnte. Sanft und streng, sparsam und süß begegneten und verschränkten sich die Stimmen der holden Musik, tapfer und heiter schritten sie ihre innigen Reigen durch das Nichts der Zeit und Vergänglichkeit, machten den Raum und die Nachtstunde für die kleine Weile ihrer Dauer weit und weltengroß."

Unbekümmerte Gelassenheit ist Hesses Ägide, wie im Anprall der Sturmflut der Geschichte, so auch im abbröckelnden Alltag. Allein die Hauptgestalt im Glasperlenspiel, Josef Knecht, der ein musterhaft geregeltes, besonnenes Leben führt, ist zu schwerfällig konstruiert, um heiter genannt zu werden. Dagegen sind Hermann Hesses Briefe von köstlicher Ungebundenheit. Die abgelebten Jahre haben ihn nicht begraben: was zu schwer auf ihm lastete, schob er von sich. „Jugend ist das in uns, was Kind bleibt, und je mehr dessen ist, desto reicher können wir auch im kühlbewußten Leben sein", heißt es in den Briefen, in denen das Wort „kühlbewußt" einen unvergeßlichen Klang hat. Er glaubt weder, daß irgendein Punkt in der Welt mehr oder weniger abseits sei als ein anderer, „noch glaube ich, daß wir überhaupt gefragt werden, wohin wir uns ‚stellen' sollen".

Ernst zu nehmende Gestalten, mit denen man gern lacht, hat in unserer kriegsverdüsterten Zeit Bruce Marshall in seinen unsentimentalen Darstellungen des Alltaglebens geschaffen. In der Welt des englischen Romanciers ist der Priester der Mensch für den Menschen und der christliche Glaube nicht eine sonntägliche Musikveranstaltung, sondern tägliches Leben in erbärmlichen Verhältnissen, von denen sich der innerlich Freie nicht unterkriegen läßt.

Der Schwund der Heiterkeit – an ihre Stelle ist die Vergnügungssucht getreten – hat unserer Zeit die Todessignatur aufgeprägt. Heiter ist man im Zusammensein mit Freunden, nicht aber in der Masse. Der Kranich ist auch in einer Schar von Artgenossen Kranich, das Schaf behält sein Gesicht in der Herde, aber die zur Masse gedrängten Menschen verwandeln sich in Unmenschen.

Heiterkeit, Lebensbejahung und Sterbebereitschaft entschweren das Kreuz des Tages.

Für den Heiteren ist Dasein nicht Mühsal. Als Überwindung des Tierseins wurzelt Heiterkeit in Gotteszuversicht und Schicksalsergebung. „Nicht ich schaffe mich selbst, ich geschehe vielmehr mir selber.“ (C. G. Jung.)

Das zerknitterte rote Gesicht des Neugeborenen ist tierisch traurig. Erst nach Wochen, durch das erste Lächeln, wird das Menschlein zum Mensch.

Jene selige Gelöstheit, die uns im Wesen des Kindes beglückt, das die Angst vor den unergründlichen Schicksalsmächten und den Tod noch nicht kennt, und die uns aus dem Antlitz des Silberhaarigen entgegenstrahlt, der Ehrgeiz, Goldgier, Wollust wie ein allzu enges Gewand abgetan und die Angst vor dem Tode überwunden hat, offenbart sich am vollkommensten im erlösten Lächeln eines Entrückten.

Über den Abgrund wandelnd, lächelt der heitere Mensch in den kurzen Pausen zwischen Leid und Verzweiflung.

Wenn in der klassisch-russischen Dichtkunst das Motiv der Heiterkeit selten auftaucht, so ist dies in der Sowjetliteratur durch die Einzwängung in vorgeschriebene Programme und die persönliche Unfreiheit ganz erstickt. Eine Anekdote erzählt, in der Partei beständen Vorschriften, bei welcher Gelegenheit man zu lächeln, bei welcher man zu lachen habe, das heißt das menschliche Antlitz wird zur grinsenden Fratze. Boris Pasternak war gezwungen, sich bei der Partei für seine Freude über den Nobelpreis zu entschuldigen.

Es ist charakteristisch, daß es im Russischen für traurige Gefühle, für Moll-Stimmungen viele Bezeichnungen gibt, dagegen kein entsprechendes Wort für Serenität; auch im Schwedischen muß man sich mit dem Fremdwort begnügen. Im Lettischen bedeutet heiter in der wortgetreuen Übersetzung: bernsteingleich.

„Wie groß ist deine Güte, die du verborgen hast"

Man spricht so viel von der Erbsünde, viel seltener von angeborener Güte. Augenscheinlich läßt sich das Verworfene und Abwegige leichter beschreiben, und derbe, gnadenlose Enthüllungen des Bösen in imposanter oder zersetzender Weise gelingen besser als Darstellungen der Güte, die jener Personalwert ist, der keines komplementären Zusatzes bedarf, aber jeden ethischen Wert erhöht. Güte als wohlwollende Anteilnahme, Hilfsbereitschaft aus freier Regung, schenkendes und erwärmendes Verhalten zu den Mitmenschen – das ist der Grundton echter Menschlichkeit. Sie erscheint meist in Begleitung der Heiterkeit, ohne direkt von ihr abhängig zu sein. Es gibt nämlich auch gütige Menschen, die mürrisch sind, ja, ihre Güte schamhaft hinter einer Unhöflichkeit oder einem rauhen Wort verbergen. Güte ist die Unfähigkeit, jemanden zu beneiden, jemandem etwas Böses zu wünschen, sie ist Absage an Ruhmsucht und Rache, und sie ist die Fähigkeit, wo man keine Sympathie empfindet, vorüberzugehen.

Güte – Verstehen der menschlichen Schwächen, ein Wissen um das Gefährdetsein der Mitmenschen – ist nicht mit Liebe zu verwechseln. Liebe ist persönliche Zuneigung zu einem auserwählten Wesen, das in uns das Verlangen erweckt, ständig bis ans Ende aller Zeiten mit ihm zusammenzusein; Güte kann auch an Passanten verströmt werden. Unpersönlicher als Liebe ist Güte, eine Sympathie allen Mitmenschen gegenüber.

Zur Selbstbeherrschung und Gerechtigkeit kann man sich und andere durch Vorbilder und philosophische Studien erziehen, kaum aber zur Güte, die wie die Heiterkeit und das musikalische Talent eine Gabe ist, die man vernachlässigen oder pflegen, sich aber nicht willkürlich aneignen kann. In die Welt hinausgestrahlte Güte weckt schlummernde Keime in unbekannten Gärten.

Beim Weltgericht wird der Mensch nicht nach dem Maß seines Wissens, Verstandes und seiner Leistung gerichtet werden, sondern nach dem Maß der verschenkten Güte und Liebe. Schopenhauer wurde in meiner Jugend zu einem meiner Lieblingsphilosophen, als ich im zweiten Bande seines Hauptwerkes „Die Welt als Wille und Vorstellung" folgende Stelle las; nein, ich las sie nicht, ich merkte sie mir auswendig, um, wenn es mir an eigener Kraft gebräche, einen Stab als Stütze zu haben: „Wie Fackeln und Feuerwerk vor der Sonne blaß und unscheinbar werden, so wird Geist, ja Genie und ebenfalls Schönheit überstrahlt und verdunkelt von der Güte des Herzens. Sogar der beschränkteste Verstand, wie auch die groteske Häßlichkeit werden, sobald die ungemeine Güte des Herzens sich kundgetan, gleichsam verklärt und umstrahlt von einer Schönheit höherer Art, indem jetzt aus ihnen eine Weisheit spricht, vor der jede andere Weisheit verstummen muß. Denn die Güte des Herzens ist eine transzendente Eigenschaft, gehört einer über dieses Leben hinausreichenden Ordnung der Dinge an und ist mit jeder anderen Vollkommenheit inkommensurabel. Wo sie in hohem Grade vorhanden ist, macht sie das Herz so groß, daß es die Welt umfaßt, so daß jetzt alles in ihm, nichts mehr außerhalb liegt."

Ich entsinne mich genau: Wie ein Sonnenpfeil zerschnitten die Worte Schopenhauers den einsamen, grauen, trüben Novembersonntag.

Gutes tun, ohne Aussicht auf ein Trinkgeld in dieser und in der anderen Welt, ist das höchste Zeugnis des Menschseins. Als ein anschauliches Beispiel der Güte pflegt man Ärzte zu nennen, die das „dauernde Dienen", ununterbrochenes Forschen und Mitverantwortung als ihr Lebensgesetz auffassen. Ist aber in ihnen das Gefäß der Güte zerbrochen, sind sie Mitarbeiter des Teufels. „Weh, denen, die Böses gut und Gutes böse heißen." Daß während des zweiten Weltkrieges Ärzte die Euthanasie verschrieben und gebilligt haben, hat das Bild der Nachfahren von Hippokrates auf Jahrzehnte hinaus geschwärzt und die priesterlichen Züge ins Narrenhafte verzerrt.

In wie großem Maße Männlichkeit und Güte einander verstärken und vertiefen, ersehen wir aus der Biographie Anton Tschechows. Der in seinem Gefühlsleben scheu zurückhaltende, ironische russische Dichter und Arzt, der Bekämpfer der Cholera-Epidemie und des Hungers, der Erforscher der Gefängniszustände auf Sachalin, ist in seinen Worten und Taten, in seinen Beziehungen zu Kranken und Gesunden, zu Freunden und Fremden, trotz seiner naturwissenschaftlich nüchternen Einstellung vom Licht des Evangeliums durchdrungen. Sein an die Schwester gerichtetes Testament endet mit den Worten: „Hilf den Armen. Schone die Mutter. Lebt friedlich."

Ohne Güte kann ein Mensch nicht Nachfolger Christi sein, dagegen ist wahre Güte auch bei Pantheisten und Heiden der Vergangenheit und Gegenwart anzutreffen.

Das klassische Beispiel des gütigen Mannes ist, trotz der von ihm zugelassenen Christenverfolgung, Marc Aurel, von dessen Tagebuch Pascal sagte: man meint ein Buch zu öffnen, und es öffnet sich uns ein Mensch. Besonnen herrschte der Hüter des Friedens und der Rechtssicherheit, der humane Kosmopolit über das Römische Imperium. Die ihn heimsuchende unheilbare Krankheit ertrug er gelassen, nachsichtig nahm er den zweifelhaften Lebenswandel seiner Frau Faustina hin, desgleichen die Nichtsnutzigkeit seines verdorbenen Sohnes Commodus. Der Gouverneur von Syrien Avidius Cassius empörte sich gegen Rom und wurde von seinen Soldaten ermordet. Marc Aurel rächte sich nicht an den Anhängern des Anführers. „Scheide darum in Güte, denn auch er, der dich abberuft, ist voller Güte." In anderthalb Jahrtausenden ist sein Tagebuch, das er zur eigenen Läuterung schrieb, nicht veraltet: „Die beste Art, an seinen Feinden sich zu rächen, ist – ihnen nicht zu gleichen." Es tut gut, sich zu vergegenwärtigen, daß er diese Einsicht nicht nur dachte, sondern sich tatsächlich an sie hielt, zu wissen, daß er ein Mann von Fleisch und Blut und nicht der Traum eines Dichters war. Dem Geiste Marc Aurels ist der von der Okkupationsmacht gepeinigte Norweger Peter Moen verwandt, obwohl er kaum das Tagebuch des römischen Kaisers gelesen haben wird. In seine Einzelzelle gesperrt, war er der entsetzlichen Realität von Furcht und Folterung ausgeliefert. Im Dialog trägt sich das Schwerste leichter. In der Aussprache wandelt sich der auf uns herabstürzende Stein in einen Felsen, auf dem man festen Fuß fassen kann. Zur absoluten Isolation verdammt, konnte Peter Moen nur mit dem eigenen Ich Zwiesprache halten. Da er weder eine Bleifeder noch Schreibpapier hatte, stach er seine Gedanken mit einem Stück Draht auf Klosettpapier aus und warf diese Aufzeichnungen in die Öffnung des Ventilators. Einer der unzähligen Unbekannten schrieb sein Vermächtnis an Unbekannte in der vagen Hoffnung, Widerhall zu erreichen. Dieser Berufsmathematiker, eine Hamlet-Natur, der jenseits der christlichen

Dogmen und Lehren lebte, hat uns auf die sonderbarste Weise ein Vermächtnis hinterlassen, das die Prägung Marc Aurels wie auch des Evangeliums trägt: „Wir dürfen nicht so dumm und unmoralisch sein wie die, die uns gequält haben.“ Aber wir sind es. Ich sammle Beispiele der tatsächlichen vom Menschen am Menschen vollzogenen Güte, um den Glauben an den Menschen nicht zu verlieren und mich zu vergewissern, daß es Wesen gibt, deren metaphysische Wurzel weder die Finsternis des Raketenrauches noch die des Pansexualismus zu vernichten vermag. Wir Europäer sind hochmütig und halten uns oft für besser als die dollarjagenden Amerikaner, aber nicht der Durchschnitt der Ausnahme bleibt bestehen. Der achtundzwanzigjährige Dr. Thomas Dooley konnte 1954 nach Beendigung des Krieges in Vietnam nach Amerika zurückkehren, um dort im Komfort der Zivilisation im Kreise seiner Familie als Arzt zu wirken. Freiwillig bleibt er in Vietnam, kämpft gegen Lepra und Cholera, gründet Krankenhäuser und Flüchtlingslager, die uralte östliche Weisheit erfüllend: „der heilige Mann macht sich nicht groß, darum kann er seine Größe vollenden.“ Er behandelt einen Priester, dem die Kommunisten Nägel in den Schädel gejagt haben aus Verhöhnung der Dornen-Krone Christi, einen Knaben, dem die roten Kameraden mit einem Schreibstift die Augen ausgestochen haben wegen seiner Beteiligung am Religionsunterricht. Dies sind nur einige Beispiele aus seiner Praxis, die er in seinen autobiographischen Büchern sachlich schildert. Wer freiwillig aus der Bettlerschale getrunken, gehört zur Rasse der Vertriebenen, aber auch der Verstehenden. Bald nach der in Amerika durchgeführten Krebsoperation kehrt er nach Indochina zurück, um die ihm noch geschenkte, kurze irdische Frist durch Arbeit zu heiligen. Menschenhilfe ist Gottesdienst.

Heiterkeit und Güte gehören zur Ordnung des Herzens. Die Liebe wendet sich einem bestimmten Objekt zu, der Gütige ist jedem wohlgesinnt. Wie man nicht für jemand gut ist, so ist man auch nicht zu etwas gut. Die Güte schließt Gerechtigkeit und Edelsinn als notwendige Voraussetzung in sich ein. Die Liebe beansprucht ein Objekt, die Güte ist ein Zustand der Seele. Getrennt vom geliebten Objekt verzweifelt der Liebende; der Gütige ruht in sich, im Bewußtsein einer höheren Ordnung, in Gott.

Man kann an allem verzweifeln, an Gottes Gerechtigkeit, an der abstrakten Ewigkeit, an der blinden unbelehrbaren Menschheit, nur nicht am gütigen Menschen. Er ist es, der heilende Strahlenkraft bewahrt im Kriege wie im Frieden, wie zuhause so in der Fremde, in der Freiheit wie im Kerker; unabhängig von Nationalität, Beruf, Stand erlöst und befreit, beflügelt und befruchtet Güte, baut Brücken vom Ich zum Du, wenn sie losgelöst vom Nützlichkeitsprinzip, von Moralmaximen, Berechnungen, Dankesansprüchen, nicht ins Gebiet der Pflicht, der Philantropie und des Ehrgeizes entgleitet, sondern einem reinen Herzen entspringt.

Gedächtnisschärfe ist rühmenswert, jedoch nicht in allen Fällen: eine gute Tat vollführt, wer sie vergißt.

Einmal stieg ein korrekter Mann die Himmelsleiter empor, in der funkelnagelneuen Aktentasche trug er ein langes, alphabetisch ausgearbeitetes Register seiner Orden, Diplome und all seiner erfolgreichen, preisgekrönten Leistungen. Einige gute Taten hatte er mit Zeitungsausschnitten belegt und vom Notar bestätigen lassen. Petrus lugte durch einen Spalt der Himmelstür. Nicht die Zahl der abgelebten Jahre hinderte ihn, das Tor sperrangelweit zu öffnen, aus Erfahrung wußte er, daß in den letzten Jahrzehnten die Antragsteller auf einen Platz im Himmel die unsichtbaren Eintrittskarten immer seltener mit sich führten. Während er im Gesicht des korrekten Mannes, der sehr enge Augen hatte, forschte, wurde der Spalt immer kleiner. Bevor Petrus das Tor schloß, murmelte er in seinen von Jahrtausenden ausgedörrten Moosbart: „Der Himmel ist der Himmel, weil es hier keine Buchführung gibt." Das Paket des korrekten Mannes, das dieser durch die schmale Öffnung hineinzuzwängen versuchte, wehrte Petrus ab: „Meine alten Augen können weder Hand- und Maschinenschriften, noch Gedrucktes entziffern. Ich lese weder Zeitungen noch Bücher, es steht ja immer dasselbe drin und so viel Unsauberes, daß alle Regenwolken zur Reinwaschung nicht genügen. Das einzige, was ich in meinen Mußestunden zwischen den Engel- und Sternkonzerten lese, sind – Herzen, aber diese müssen rein wie der Morgentau sein." Das Himmelstor fiel zu. Aber der korrekte Mann war nicht so leicht abzuweisen: der Stab, auf den er sich stützte, war aus festen systematischen Prinzipien gewunden. Nachdem der Engelsgesang – dies störende Geräusch – verklungen war, und der Mond, der schweigsame Geselle, die alles an den Tag bringende Sonne abgelöst hatte, klopfte er noch einmal ans Himmelstor. Ihm war nämlich eine Tat eingefallen, die, wie er überzeugt war, seine Tugendhaftigkeit einwandfrei bewies. Petrus verbarg sein Gähnen in seinem jahrtausendealten Moosbart und sagte aufseufzend: „Mein Lieber, auch Irrtümer läutern das Herz, vorausgesetzt, daß man sie einsieht."

Mit diesen Worten verabschiedete er den korrekten Mann, der nicht verstand, was der Himmel von ihm wollte. Aber der Poverello von Assisi, der wußte das. Eine Legende berichtet: Ein Jünger des heiligen Franz, Ginepro mit Namen, war ein einfältiger Draufgänger, ein Übertreter des Buchstabengesetzes und trotzdem ein gottgefälliger Mann. Eines Tages besucht er ganz erfüllt vom

Lichte Christi einen von aller Welt verlassenen Kranken und fragt ihn:

„Kann ich dich auf irgendeine Weise erfreuen?“ Verbissen schweigt der Kranke. „Soll ich mit dir das Vaterunser beten oder dir Ave Maria vorsingen?“ Der Kranke wendet sich zur Wand und erwidert nichts.

„Sag, was du haben willst, ich will dir jeden Wunsch erfüllen.“

Da bittet ihn der Kranke, ganz grau und welk vom wochenlang genossenen Haferbrei, um ein Eisbein mit Sauerkraut.

„Nichts leichter als das“, ruft Ginepro und läuft schnurstracks in den Wald, wo eine Herde Schweine weidet. Der Schweinehirt macht gerade sein Mittagsschläfchen. Da packt Ginepro eines dieser Schweine, schlachtet es und zögert nicht, ein Eisbein für den hungrigen Kranken zuzubereiten. Dieser verzehrt es mit glänzendem Appetit, fühlt sich gestärkt und dankt dem Vater im Himmel, daß er einen Bruder wie den Ginepro geschaffen hat. Um den fehlenden Sauerkohl zu ersetzen, erzählt Bruder Ginepro den tollkühnen Raub und beide lachen herzlich. Aber der Schweinehirt findet den Vorfall durchaus nicht lustig und verklagt den Dieb beim heiligen Franz. Dieser ist über den rohen Unfug entsetzt. Ginepro wird verhört. Als Zeugen treten auf: der zufrieden lächelnde, endlich einmal satte Kranke, der finster stierende Schweinehirt. Der einfältige Ginepro leugnet nichts, begreift aber nicht, wie man sich über etwas so Gutes wie ein Eisbein aufregen kann. Anschaulich schildert er den Vorfall und bekennt, daß er selbst nicht einen Bissen genommen habe, obwohl er vom langen Fasten und Beten sehr hungrig sei. Seinen wahrheitsgetreuen Bericht beendet er mit den Worten:

„Gott der Herr sah wahr und wahrhaftig, welch eine Stärkung und Freude ich dem hungrigen Bruder bereitete und er schloß das eine Auge, um segnend die Hand über mich zu heben. Ich bin überzeugt, Jesus würde es mir zugute rechnen, wenn ich alle Schweine der Welt holte, um Traurige und Kranke aufzurichten".

Darauf der Poverello:

„Vielleicht hast du recht Bruder. Die zeitlichen Dinge sind nur insoweit wertvoll, inwieweit sie zur Freude des Mitmenschen dienen. Um der Freude willen sei dir verziehen!"

Die Legende schließt damit, daß der Schweinehirt, ein Vorfahr Sancho Pansas, so gerührt ist, daß er den einfältigen Ginepro den Rest des Schweines schenkt.

Heute wandeln alle drei Hand in Hand im Paradies: Der Schweinehirt, der Tor Ginepro und der Genesene. Und der heilige Petrus lächelt zufrieden in seinen jahrtausendealten Moosbart.

Eine neue, menschliche Generation würde heranwachsen, wenn im Geschichtsunterricht anstelle der Verherrlichung von Mordtaten, Vergewaltigungen und Expansionsgelüsten, und in den Literaturstunden anstelle des eisgekühlten Ästhetizismus und leblosen Formalismus die Verlebendigung mutiger Güte und christlicher Schönheit sich vollzöge. Ein einziges gelebtes Leben überzeugt mehr als Bände von Moralpredigten. Eine Jugend, die an den Märtyrern jüngster Vergangenheit blind vorübergeht und die Opfertaten der Väter nicht kennt, ist dem Untergang geweiht.

Das Böse ist dem Menschen eingeboren. Wäre dieses nicht der Fall, wäre die Marsyas-Sage in ihren mannigfaltigen Variationen nicht entstanden und hätte nicht eine so weite Verbreitung gefunden. Tiere ziehen ihren Artgenossen nicht die Haut von den Gliedern und heften lebende Wesen nicht an Baumstämme, um beim Anschauen des qualvollen Sterbens Genugtuung zu empfinden:

„Warum", so schrie er, „ziehst du mich selber
aus meiner Haut? Mich reut's, so viel nicht gilt mir die Flöte."
Ganz dem Jammernden zog der Gott die Haut von den
Gliedern;
alles war Wunde an ihm: das Blut floß überall nieder.
Offen liegen die Nerven ihm da, und es zucken die Adern
ohne die deckende Haut." (Ovids Metamorphosen)

ÜBER DEN TOD

Der Tod als Unbegreiflichkeit

Neben der Liebe steht der Tod. Das ist der Sinn und Widersinn der Liebe. Der Tod ist der Kern alles Seienden, die unsichtbare Hauptfigur im Drama des Menschenlebens. Wie die Liebe, so ist auch der Tod unvertretbar.

Seit es Menschen gibt, ist die Tatsache, daß jemand weggeht, ohne wiederzukehren und ohne uns von dort, wohin er gegangen, Nachricht zu senden, das Grausige und Unerklärliche.

Eine ägyptische Hieroglyphe sagt:

> Sieh, niemand nahm seine Sachen mit sich,
> Sieh, niemand kommt wieder, der fortgegangen ist.

Der Tod ist eine Unmöglichkeit, die plötzlich Wirklichkeit wird.

Ungeachtet aller Erkenntnisse indischer, griechischer, christlicher und anthroposophischer Philosophie, ist der Tod das Unfaßbare: ein Übergang aus einem uns bekannten Lande in ein vollkommen unbekanntes, von dem wir nur wissen, daß es ist, aber sonst auch nichts mehr. Und mitnehmen können wir nur die Liebe, nicht den geliebten Menschen. Für den Liebenden ist es unbegreiflich, daß das geliebte Wesen einen Weg geht, von dem es nie zurückkehrt, einen Weg, den beide gemeinsam nicht gehen können.

Eine der größten Grausamkeiten: daß Liebende nicht zu gleicher Zeit dieser Welt entrücken.

Wenn die einsame Reise ins Jenseits voller Bangnis ist, so ist das einsame Verbleiben auf dieser Erde noch banger. Glühende Kohlen würde ich in der Hand halten, um nur noch ein einziges Mal die Stimme des geliebten Entrückten, seinen Schritt zu hören. Wäre der Schmerz um den Verlust des geliebten Wesens Sünde oder Sentimentalität, dann wäre der Mensch selbst ein Mißverständnis. Schon eine Trennung für Tage drückt Liebende nieder, und der Tod zwingt irdische Ewigkeit des Alleinseins zu tragen, den Weg in die Leere zu gehen.

Der Gedanke, daß die Hand, die wir gestreichelt, die Augen, die wir geküßt, sich in anorganische Stoffe auflösen, ist seelenversengend, auch wenn wir glauben, daß der Tod für den Menschen die Rückkehr aus der veräußerlichenden Vielfalt der raumzeitlichen Welt zur verinnerlichten Einheit des Geistes bedeutet und man das Endgültige, Eigentliche eines Menschen erst nach seinem Tode erfaßt.

Mit dem Glauben an die Einzigkeit der Person und Persönlichkeit beginnt die Mystik der Liebe, aber auch die Todesfurcht, die sich auf einer hohen geistigen Stufe in Todesehrfurcht verwandelt.

Ob wir nun behaupten, daß unser Ich nach dem Tode fortdauere oder es im All untergehe, unfaßlich ist das eine wie das andere. Der Tod trennt das Du vom Ich, entrückt es in ein Land, zu dem wir Lebenden keinen Zugang haben und in dem all unsere mit dem Herzblut der Geduld erkämpften Dinge nicht mehr gelten. Die Unsterblichkeit, an die Philosophen und Dichter aller Zeiten und Völker geglaubt und die die modernen Naturwissenschaftler meinen bewiesen zu haben, ist bei der unfaßlichen, unausbleiblichen Trennung ein Trost, an den man sich klammert, der aber den Trauernden nur halb aufrichtet: Der Liebende will in fühlbarer Nähe des Geliebten sein. Vielleicht aber ist es der tiefste Sinn der Liebe, daß wir den Geliebten freigeben:

> Wir haben, wo wir lieben ja nur dies:
> einander lassen; denn daß wir uns halten,
> das fällt uns leicht und ist nicht erst zu lernen.
> (Rilke)

Der Mensch ist ein Wesen, das in sich die anorganische Welt, die Pflanzen- und die Tierwelt vereinigt und mehr ist als diese drei Welten: geistige Seele, Träger von einem Etwas, einer überpersönlichen Kraft, die nicht raumhafte Stofflichkeit und die nicht dem Wechsel von Tod und Leben unterworfen, jedoch für eine befristete Zeit mit einem Staub-Leib verbunden ist. Das Leben des Menschen, das die ganze vergängliche, niedere Schöpfung der Körperwelt mit der höheren, unvergänglichen Geisteswelt verknüpft, ist ein Kosmos in Miniaturausgabe, das heißt, es vollzieht sich im Sichtbar-Unsichtbaren. Sobald der Mensch für eine der Urkräfte blind wird, ist er verloren.

Wo der Glaube an die Unsterblichkeit schwindet, setzt Seelenselbstmord ein, und der Mensch wird zu einem übelriechenden Häuflein Abfall.

Je größer die Lasten des Wissens, desto schwerer der Sprung in die absolut transrationale Welt des Glaubens. Gerettet, wer sich an das Wort Jesu vom Kindersinn hält: „Wer das Reich Gottes nicht empfängt wie ein Kindlein, der wird nicht hineinkommen."

Der Kern des christlichen Glaubens ist die persönliche Unsterblichkeit. Wer diesem Glauben anhängt, gehört zu den wahrhaft Glücklichen. Doch kaum jemand ist so stark, sein ganzes Leben in dieses Bekenntnis einzubetten. Wer nie ein Raub der Verzweiflung gewesen, ist nicht Mensch zu nennen. Die unauslotbare Traurigkeit in den Kinder-Totenliedern von Gustav Mahler tröstet, wie tiefes Leid durch tiefstes Leid bis an die letzte Grenze geführt und erschöpft wird.

Die Verzweiflung über die Vergänglichkeit des geliebten Wesens ist ebenso alt wie die Menschheit selbst.

Das uns in Keilschrift-Bruchstücken erhaltene assyrisch-babylonische Epos Gilgamesch aus dem 6. Jahrhundert v. Chr. hat als Leitmotiv den Gedanken: „Von der Tage Anbeginn gibt es keine Dauer." Und die Folge dieses Motives: „Ich trank mich satt am Leid." In grandioser Einfachheit erzählt das Epos die Heldentaten und den Tod des wehfrohen Menschen, des Gilgamesch, der ein Drittel Mensch und zwei Drittel Gott war. Das von seinem Leben Gesagte können wir auf einen jeden von uns beziehen: „Leidensvoll war die lange Wanderung und beschwerlich die Fahrt."

,Das hohe Ethos einer Männerfreundschaft beseelt das Epos. Gilgamesch liebt Enkido, den wilden Gesellen, dessen Körper behaart ist und der zusammen mit den Gazellen die Kräuter des Feldes ißt. Erst nachdem er des Weibes Fülle genommen, nachdem er das Weib erkannt und sich mit ihm in Liebe vereint, sich an seiner Schönheit gesättigt hatte, wurde er zum Menschen, und zum Helden machte ihn die Freundschaft mit Gilgamesch. Gemeinsam bekämpften die Freunde Drachen und Ungeheuer. Dann geschieht das Unfaßbare: Enkido stirbt an einem bösen Fieber. Gilgamesch „erhob die klagende Stimme; einer Löwin gleich, die vom Speere getroffen, brüllte er auf." Sechs Tage und sechs Nächte beweint er den unersetzlichen Freund. Die Urangst des Menschen, die Furcht vor dem Tode zwingt ihn in die Knie: auch ich werde mich einmal niederlegen und nicht aufstehen in alle Ewigkeit. Daß sich Enkido in Staub verwandelte, bringt ihm das Schicksal des Menschen überhaupt zum Bewußtsein. Wie ist es möglich, daß ein Wesen, das wir am meisten geliebt haben, nicht mehr da ist: „Durch lauter Weh führt mein Weg. Des Leides schaurige Trübsal ist mir bestimmt.“ Der Tod zerstört den Sinn des Lebens. Gilgamesch steigt in die Unterwelt hinab, wie es nach ihm Vergil und später Dante taten, um das düster lockende Geheimnis des Todes zu enträtseln. Mehrfach wiederholt sich sein Schrei der Verzweiflung: „Dicht war die Finsternis, es gab keinen Schimmer von Licht.“

Schon bei der Erschaffung des Menschen schufen die Götter den Tod: „Die Jahre des Lebens zählen die Götter, die Jahre des Todes zählen sie nicht.“ Gilgamesch kann den Freund weder verschmerzen noch vergessen und wenn er es könnte, hätte er nie einen Freund gehabt. Nach langer Wanderung durch die Finsternis erhascht er einen Schatten von Enkido und fleht ihn an: „Rede, mein Freund, das Gesetz der Erde, die du sahst, verkünde mir jetzt.“ Und der Schatten antwortet mit den grausamen Worten, die im Laufe von zweitausend Jahren ihre bange Wahrheit nicht eingebüßt haben: „Kündete ich dir das Gesetz der Erde, die ich schaute, du setztest dich hin und weintest.“ Das Gesetz der Erde – Vergänglichkeit, die Weltordnung – irrational, das heißt, für ein menschliches Hirn und Herz unfaßlich.

Den Freund, über den sein Herz frohlockte, fressen die Würmer wie ein altes Gewand. Gilgameschs sehnsüchtig ausgestreckte Hand bleibt in klebriger Lehmerde stecken: „In den Staub sank er hin, zu Staub ist er geworden.“ In seine Heimatstadt zurückgekehrt, stirbt Gilgamesch an der Erkenntnis der Vergänglichkeit.

Trotz der Unergründlichkeit der Allmacht des Todes ist die Trauer des Freundes um den Freund schöpferisch, in keinem Fall nihilistisch zu nennen. Das hohe Ethos der Liebe hebt dieses Werk, in dem der Glaube an die Nichtigkeit alles Seienden mit dem Glauben an das Unzerstörbare kämpft, ins Licht der Ewigkeit.

Wir lieben in dem Maße, in dem wir uns um des Du willen Gefahren und Drangsalen aussetzen, und in dem Maße, in dem wir lieben, sind wir unsterblich.

Die Ganzheit des Menschen offenbart sich in der Liebe und im Tode: In der Liebe seine Bezogenheit zum Du, im Tode – zu Gott.

„O Tod, wie bitter bist du – O Tod, wie wohl tust du"

Beim Gedanken an den eigenen Tod flößt nicht so sehr die Tatsache des Todes Schrecken und Unruhe ein wie der Vorgang des Sterbens: zähe Tyrannei physischer Pein, Agonie, die das Ich dem Selbst entfremdet. Die Todesangst, von der man so viel spricht, ist eigentlich eine Angst vor dem Sterben. Ein schmerzloses Aushauchen, ein stilles Einschlafen hat nichts Abschreckendes, eher etwas Verlockendes an sich. Schön ist in seiner majestätischen Einfachheit der Tod eines Baumes: er stirbt aufrecht mit leisem Aufseufzen. Verschwände die Angst vor dem Tode, wäre das Alter etwas naturhaft Schönes, hat doch der Herbst und der Winter im Vergleich mit Frühling und Sommer seine Schönheit: Ernte, Einkehr, Stille, Abschied, – mildes Licht wie in Schuberts „Abendrot", wo der Glanz der untergehenden Sonne „den Staub mit Schimmer malet; wenn das Rot, das in der Wolke blinkt, in mein stilles Fenster sinkt!"

August von Platen, dem gleich Ernst Jünger die Würde des Menschen angelegen war, sehnt sich, schnell und unbewußt wie die Gestirne zu erbleichen, und preist Pindar glücklich, dem ein beneidenswerter Tod beschieden war:

Er saß im Schauspiel, vom Gesang beweget,
hatte, der ermüdet war, die Wangen
auf seines Lieblings schönes Knie geleget:
als nun der Chöre Melodien verklangen,
will wecken ihn, der ihn so sanft geheget,
doch zu den Göttern war er heimgegangen.

Wir kennen uns nicht, wir leben an der Oberfläche unseres Selbst, in der Stunde des Todes kehren wir in uns ein. Daß der Entrückte nach Überwindung des Todeskampfes und nach der Loslösung von der verweslichen Hülle eine unaussprechliche Seligkeit erlebt, davon zeugt der Ausdruck vieler Toter. Indem man in das Antlitz eines lächelnden Entrückten schaut, der wie von einem Alptraum befreit ist, hat man das Gefühl, er sei in einen taufrischen Morgen geglitten. Manche Entschlafenen sind von so überwältigend friedvoller Schönheit, und ihr Lächeln ist so glücklich, daß – und währte dieser letzte Gruß der Seele an die Hinterbliebenen auch nur eine Ewigkeitssekunde – in uns eine unabweisbare Sehnsucht erwacht, ihnen zu folgen.

Diejenigen, die den Tod als etwas Übles betrachten, irren, so lehrte Sokrates, dessen Sterben über Jahrtausende hinweg in seiner Sinnvollendung uns aufrichtet. Den von feindlicher Macht aufgezwungenen Giftbecher verwandelte er in den dreißig Tagen zwischen Verurteilung und Hinrichtung dank der Souveränität seines Geistes in einen Kelch der Ewigkeit, und die unabwendbare, schaurige Tatsache der Hinrichtung – den fremden Tod – in den eigenen eines freien, aufrechten, unsterblichen Menschen, für den es kein das wahre Wesen des Menschen antastendes Übel gibt. In der Todeszelle sprach er, als sei er König in einem unversehrbaren Schloß, und tatsächlich war er auch ein solcher. Kurz bevor er den Giftbecher trank, lehrte er seine Jünger: der Tod kann entweder ein Zustand völliger Unbewußtheit sein oder eine Veränderung. Erlischt im Tode das Bewußtsein, dann gleicht er einem traumlosen Schlaf – ist also etwas Gutes. Die Erinnerung an eine Nacht, in der nichts, nicht einmal ein Traum den Schlaf störte, beglückt uns. Wenn aber Sterben ein Fortreisen von hier ist, so soll uns diese Reise nicht schrecken. Welch eine Erleichterung, von jenen Mitbürgern befreit zu sein, die sich anmaßen Recht zu sprechen über Dinge, die sie nicht verstehen, und mit Männern wie Homer und Hesiod zusammen zu sein. Dort, wohin er geht, wird keiner seiner Weltschau wegen hingerichtet. Es gibt keinen Grund zum Weinen: „Ich habe eben deswegen die Frauen weggeschickt, damit sie keine solchen Torheiten begehen sollten; denn ich habe immer gehört, man müsse unter heiligem Schweigen sterben. Haltet also Ruhe und seid standhaft!"

Mit keinem Wort grollt er seinen Anklägern und denen, die ihn verurteilt hatten – ein gewaltiger Ausdruck vorchristlicher Güte.

„Groß ist auch der Tod der Großen", heißt es bei Hölderlin. Rainer Maria Rilke hat sich sein Leben lang auf den Tod vorbereitet. „Wenn wir immerfort im Lieben unzulänglich, im Entschließen unsicher und dem Tode gegenüber unfähig sind, wie ist es möglich dazusein", heißt es in einem seiner Briefe. „Wolle die Wandlung" – dieses Wort war sein Pilgerstab, und von allen Verwandlungen vollzieht der Tod die größte. Er ist der integrierende Teil des Lebens: „Blüht ein Baum, so blüht so gut der Tod in ihm wie das Leben, und der Acker ist voller Tod, der aus seinem liegenden Gesicht einen Ausdruck des Lebens treibt." Er ist die Macht, die die höchste Steigerung des Lebens bedingt, der Befreier von den Nichtigkeiten des Alltags, er führt den Menschen ins Eigentliche zurück. Rilke hat den Tod, die Hauptperson in seinen Werken, mit unheimlicher Genauigkeit als den innersten Sinn alles Seienden beschrieben. Der Tod öffnet den Zutritt zu einer höheren Welt, die Sinne machen dem Geiste Platz, wenn man den Mut hat, ihm entgegenzugehen. Rilke will nicht den kleinen Tod, noch das Ableben, das in den großen Städten am laufenden Band fabriziert wird, sondern den großen, den eigenen Tod, den der Mensch in unvertretbarer Individualität als persönlichste Leistung ausarbeitet. Lebensbejahung war für ihn Todesbejahung. Unserem Gefühl nach hätte er sanft wie eine sich entblätternde Rose sterben müssen, aber nicht unser Wunsch entscheidet die letzten Fragen und Stunden. Den Sänger und Bejaher des Todes befiel die Leukämie, eine heimtückisch-langsame Krankheit, und er starb einen peinvollen Tod, der das Ich dem Selbst entfremdete: „Das Schwerste, das Langwierigste: abzudanken. Der Kranke zu werden. Der kranke Hund ist immer noch Hund, wir, sind wir von einem gewissen Grad unsinniger Schmerzen an noch wir?"

Der brave Bürger erwartet vom Dichter, daß er schlimmstes körperliches Ungemach fröhlich lächelnd ertrage, denn er ist doch ein „großer Mensch". Und Rilke war ein großer Mensch: Er wagte seine durch das Menschsein bedingte Schwäche, gegen die er mit dem ganzen Adel seines Geistes ankämpfte, einzugestehen: nicht er selbst hatte sich diesen anfälligen, übersensiblen Körper und die unheilbaren Krankheitskeime im Blut geschaffen. Er trachtete nicht, sein In-die-Knie-Gezwungensein durch hochtrabende Heuchelei zu maskieren. Er sehnte sich nach der Herrlichkeit des Lebens und vermied in den letzten irdischen Tagen, den so oft besungenen Tod zu erwähnen. Was er dachte, wissen wir nicht. Wir wagen nicht zu sagen, ob er den Tod als ein Eingehen in Gott oder als

Absturz ins Nichts empfand. Er hat mit diesen beiden Gewalten gerungen; welcher er sich in den letzten Stunden unterwarf, vermag niemand zu ergründen. Die Toten nehmen das Geheimnis der Überwindung mit sich ins Grab. Die Schau des Sterbenden bleibt den Überlebenden unbekannt.

Es gibt Menschen, die ihr Leben dem Tode offenhalten, die gelassen leben und sterben. Nicht nur wahre Christen, die an die Fortexistenz der Person im Jenseits glauben, sind es; nicht nur die Stoiker, die gleich Epikur sich nicht fürchten, die Tür ins Nichts zu öffnen; es sind auch die im Kosmos Beheimateten, die, eingebettet in den das All durchflutenden Strom, in einem Gefühl des Geborgenseins leben. Für sie ist der Tod Befreiung von allem Unnützen, Kleinlichen, Beschwerlichen, und auf dieses größte Ereignis bereiten sie sich durch Sammlung, Versenkung und Gebet vor. Gegengift gegen die Todesangst ist Loslösung von allem Irdischen, Bändigung der Affekte, eine Haltung, die die Brahmanen und Buddhisten, die den Menschen selbst als Unwesen betrachten, voller Zuversicht dem Tode entgegengehen läßt. „Wir sind im Grunde etwas, das nicht sein sollte; darum hören wir auf zu sein", heißt es beim buddhistisch gesinnten Schopenhauer. Und in der Bhagavadgita: „Der Mensch kommt aus dem Unbekannten und läuft ins Unbekannte, das Leben ist nur eine kurze Strecke."

„Den Geborenen ist der Tod gewiß, dem Gestorbenen die Geburt; darum darfst du über eine unvermeidliche Sache keine Trauer empfinden."

Je freiwilliger wir den Tod aufnehmen, je selbstverständlicher er für uns ist, desto leichter das Sterben.

Li Tai Po, der große chinesische Lyriker und Trinker, starb einen lyrischen Tod: voll des süßen Weins versuchte er vom Boot aus den Mond im Wasser zu küssen.

Still und sanft entschlief Spinoza. Sein Schüler Jarek war zu ihm gekommen und wachte bei dem Meister, der während seines Lebens täglich und stündlich die Fäden, die den Menschen ans Leben ketten, zerschnitten hatte. Er war der Ewigkeit teilhaftig, noch ehe er in sie einging. Er hing nicht an der Mannigfaltigkeit des Diesseits oder an einem einzelnen Menschen.

In seinem Glauben an eine unveränderliche Substanz, das ewige absolute unpersönliche Sein, war ihm der Tod gleichgültig, der Mensch nur eine Erscheinungsform des Absoluten. Im innergöttlichen Leben vollzieht sich jedes Geschehen mit unabweisbarer Notwendigkeit.

„Ruhig und sanft ist in der Regel der Tod eines guten Menschen", heißt es bei Schopenhauer. Dieser Ausspruch des Philosophen, den zu verallgemeinern ich mich hüte, fiel mir ein, als ich im Sommer 1957 die Nachricht vom Tode des blinden Dichterchristen Otto Rennefeld erhielt, der sich mit Sonnenkindern, Mondesträumern, Erdensuchern verbunden fühlte, aber auch die fratzenhaften, lebensfeindlichen Dämonen kannte. Ein Seher apokalyptischer Bilder und jenseitiger Seligkeit, ging er in großer Bewußtseinshelle dem Tod entgegen. Die Sonne blieb sein Herzgestirn auch in finsterer Nacht, nachdem er sein Augenlicht für alle Zeit verloren hatte. Nie vergesse ich, wie er mir von einem Sonnenuntergang über dunkelnden Wiesen erzählte, vom Kreuz, das die golden glühende Kugel durchschnitt. Des irdischen Lichts beraubt, fand er des ewigen Lichtes Melodie. An seinem letzten Erdentag ließ sich der Herzkranke die Briefe von Malwida von Meysenbug vorlesen und war vom Adel ihrer Persönlichkeit beglückt. Am Abend aus dem Schlummer erwacht, erhob er sich von seinem Lager, strebte zum Sessel, reckte sich hoch und sprach aufrecht mit seiner schönen warmen Stimme das Vaterunser. Frau und

Freundin mußten es zu Ende beten. Er entschlief mit einem friedlichen Lächeln. Schon im irdischen Dasein hatte er den Tod überwunden. „Der Mensch muß bereit sein, den Schritt in die geistige Welt bewußt zu tun. Das Sterben ist des Menschen wesentlichste Tat, das Leben Vorbereitung auf diese Tat", schrieb er in einem seiner letzten Briefe. Auf seinem Sterbebette liegend, sagte er zu seiner Frau: „Ich werde dich immer finden." Denke ich an unsere kurzen Begegnungen, an den Kelch in seinen Händen, den ihm „ein Gott im Dämmerglanz der Frühe mit Himmelstau von tausend Blüten füllte", an seine Briefe und Gedichte, ist mir, als hätte er sich den guten Tod im eigenen Heim, im Beisein der liebsten Menschen, mühsam und hartnäckig errungen.

Zu den harmonischen Künstlerpersönlichkeiten gehört Bertel Thorvaldsen, der Sohn eines isländischen Gallionsfigurenschnitzers. Sein Leben ist nahezu frei von Mißtönen, seine Kunst von milder Klarheit. Wer bei seinem Grabe im Museenhof zu Kopenhagen weilt, spürt in der abgeschiedenen Stille, die den Besucher nach dem lauten Stadtlärm wohltätig umfängt, den Anhauch einer anderen Welt: die zwingende Gewalt des Schönen, der sich das Ich unterstellt. Nach einem langen, mit Arbeit und Erfolg gesegneten Leben kehrte Thorvaldsen, der eine ungewöhnlich starke physische Konstitution besaß, aus Italien nach Kopenhagen zurück. Am 24. März 1844 arbeitet der stämmige sechsundsiebzigjährige Greis schon am frühen Morgen in seinem Atelier, nimmt in heiterer Stimmung an einer Mittagsgesellschaft teil und geht von dort ins Königliche Theater. Während der Ouvertüre bricht er plötzlich zusammen, vom Herzschlag getroffen. In einem machtvollen Schlußakkord umschloß der Tod den Gehalt seines ganzen Lebens.

Doch wer würde die Behauptung wagen, daß Thorvaldsen ein besserer, wertvollerer Mensch gewesen sei als sein Landsmann und jüngerer Zeitgenosse H. Ch. Andersen, der das kleine, in der Welt der Gleichgültigkeit erfrierende Mädchen mit den Streichhölzern in sein Herz geschlossen hatte und die Visionen seines Geistes nicht in makellos weißen Marmor meißelte, sondern sie uns durch den dampfenden Teekessel, den standhaften, von der Gosse fortgeschwemmten Zinnsoldaten, den Tannenbaum, der nach dem Fest als nutzloses Ding zerhackt wird, sichtbar machte. Der Verfasser vom häßlichen Entlein mußte an einer der unheimlichsten Krankheiten, dem Krebs, sterben.

Die rohe Sinnlosigkeit von Johann Joachim Winckelmanns Tod steht im grotesken Gegensatz zu seiner leidenschaftlichen Liebe zur Schönheit im Geiste der Antike. Gesinnungsmäßig war er ein Wahlverwandter Thorvaldsens, doch sein Scheiden von dieser Erde hat nichts Gemeinsames mit dem harmonischen Ableben des dänischen Bildhauers. Nach einem heiteren und arbeitsreichen Leben wurde er in einer fremden Stadt – übrigens im Geburtsjahr Thorvaldsens – auf grauenhafte Weise von einem Raubmörder erstochen, nachdem dieser vergebens versucht hatte, ihn zu erdrosseln. „Ein zerbrochenes Gefäß, in das die Götter die feurigsten Trauben ausgedrückt haben. Die viehische Fratze der Häßlichkeit stößt hinein und schlägt in Scherben, was die Ehrfurcht des Priesters auf den Altar hob“ („Winckelmann, ein Verhängnis“, von G. Hauptmann und Frank Thieß).

Ein sanfter Tod ist nicht Verdienst, er ist die höchste Gnade. Hätte Schopenhauer recht und der Tod eines guten Menschen wäre in der Regel ruhig und sanft, dann wäre diese Tatsache ein starker Antrieb zum Gutsein; doch der Größte von allen, die über diese Erde gewandelt sind, schrie laut und verzweifelt am Kreuze. Wie viele Aussprüche, die wir gewohnheitsmäßig wiederholen, um uns der Tragik des Geschehens zu entziehen, so ist auch der Aphorismus Schopenhauers vom guten Menschen und guten Tod eine didaktische Beruhigung, die sich nicht mit der Wahrheit deckt. Der gute Tod guter Menschen wäre der größte Trost, der wohltuendste Ausgleich für ein leiderfülltes Leben.

Die Erfahrungen lehren etwas anderes. Kathleen Ferrier, die gottbegnadete Sängerin, der reine Mensch, starb an der qualvollsten Krankheit und sang mit besonderer Hingabe die Lieder des Mannes, den dieselbe Krankheit – Karzinom – heimgesucht hatte. Nur einundvierzig Jahre wurde sie alt. Von Schönheit, Kunst, Freude am Verschenken ist ihr Dasein durchglüht, man ist versucht zu sagen: ein erfülltes Leben, wenn nicht diese schreckliche Krankheit sie befallen hätte, diese heimtückische, menschenunwürdige, für die es kaum Linderung gibt. Ihre Photographien sind ihre Biographie. Scheues Erwachen, bewußtes Wachsein, Glanz und dann diese tote Angst, der ins Nichts gerichtete Blick, das gezwungene Lächeln, das maßlos schwere Abschiednehmen von der Welt, die alles schenkte: Freundschaft, Liebe, Ruhm.

Sie war bereits über Zwanzig, als man ihr Talent entdeckte und sie ihr ganzes Sein dem Musikstudium zuwandte.

Nur zehn Jahre lang hat sie konzertiert und war sich selbst und ihrer Umgebung ein Wunder. 1943 war sie fast unbekannt und dann überstürzten sich Ehrungen und Erfolge, aber sie blieb ein nobler und demütiger Mensch, ein gütiger und treuer. Bruno Walter sagt, er kenne niemanden, der so von allen geliebt worden sei. Singen war für sie leben – atmen. Beim Singen ließ sie die Hände an beiden Seiten herunterhängen, eine Haltung, die Konzertsängerinnen als einen Mangel an Anmut verabscheuen. Bei ihr war es ein Zeichen völliger Gelöstheit.

Die „Ernsten Gesänge“ von Brahms, die sie sang, als die unheilbare Krankheit diagnostiziert war, sind von Lebens- und Todesnähe durchschauert, von einer nicht in Worte zu fassenden Luzidität, eine Reinheit, die ans Göttliche grenzt, Keuschheit, kristallne Klarheit ohne Härte. In ihrem Munde sind die uralten Worte, an einen jeden von uns gerichtet, neu und zeitnah.

Der Prediger Salomo hat die Vergänglichkeit und Eitelkeit alles Seienden durchschaut. Gnadenlos wirft er die Wahrheit hin: Es geht dem Menschen wie dem Vieh und er hat nichts mehr als das Vieh, „denn es ist alles eitel“. Durch die Musik von Brahms wird diese Erkenntnis zu einem Schrei der Verzweiflung: Alles ist Staub! Der Lebende kann die Toten beneiden, die schon gestorben sind, aber besser als beide hat es der gar nicht Geborene. Und darauf folgt aus dem Buch Sirach das Jahrtausende alte Motiv: „O Tod, wie bitter bist du.“ Über dieser Bitterkeit schwebt das Lob des Todes: „O Tod, wie wohl tust du.“ Vielleicht das reinste Loblied auf den Bruder, den Erlöser Tod. Kathleen Ferriers Stimme wird zum Hauch, zum sanften Schlummerlied. Ob jemand zwanzig oder zweitausend Jahre lebte, zuletzt kommt alles an einen Ort. Der Tod fragt nicht, wie lange einer gelebt hat und was er noch vollbringen will. Unerträglich wäre die schwarze Klage, wenn sie nicht im Preis der Liebe aus dem Korintherbrief ausklänge. Diesen Jubel schrieb ein vom Tode Gezeichneter, und auch Kathleen Ferrier, die dem Tode die Hand gereicht hat, jubelt: „Jetzt erkenne ich’s stückweise, dann aber werde ich erkennen, gleichwie ich erkannt bin.“

In ihrem Gesang spüre ich den Duft nach Wachs und Rosen, ihr Antlitz schimmert wie Mondlicht, ihre Hände sind durchsichtig. Ihre Seele ist nichts als eine Wunde, die so groß ist, daß Mitleid sich in Ehrfurcht und Bewunderung wandelt. Bald weht uns ein duftiger Blumenhauch an, bald Todesodem und Ewigkeitsatem.

Wer die in den Gaskammern und in den sibirischen Sümpfen Gemordeten – ihr Name ist Legion – nicht vergißt und vor der bis in den Himmel reichenden, den Sinn des Lebens und des Todes verdunkelnden Mauer der Leichen die Augen nicht verschließt, empfindet den Ausspruch vom guten Tod als Lohn eines guten Lebens als eine Blasphemie.

Der schreckliche Tod als Abschluß eines ehrlichen und reinen Lebens ist für das menschliche Herz und seine Vernunft unfaßbar, und dieses ist vielleicht der Grund, warum in unserer Zeit gerade unter den sinnsuchenden Menschen die Zahl der Anthroposophen anwächst: nach dem Karma-Gesetz muß sich alles Unvollendete wieder verkörpern, um den Ausgleich zwischen Freud und Leid in Jahrtausenden zu vollziehen.

Die Staatskirche wird als überlebt empfunden und die Anthroposophie als ein Wall gegen den Materialismus schon dadurch, daß Rudolf Steiner das schauende Denken Goethes zur Methode seiner vergeistigten Naturwissenschaft wählte und die Erweckung des Weltwesens im Menscheninnern anstrebte. Den Gläubigen, wie zum Beispiel dem bereits erwähnten Otto Rennefeld, hilft die Anthroposophie, das Kreuz des Tages zu tragen und ist in diesem Sinne von großem Segen.

Beglückend hat diese Weltschau, die in den Grundprinzipien schon Pythagoras vertrat, ein Fürst der Phantasie, einer der liebenswerten Dichter der Neuzeit, Christian

Morgenstern, zum Ausdruck gebracht. Bereits in seiner Jugend spottete er nachsichtig über alle, die sich vom Heu menschlicher Gehirne nährten, Enthusiasmus bedeutete für ihn das schönste Wort, und er bekannte sich zum Imperialismus des Geistes. Aus Freude am Spiel der Phantasie lernte ich in meiner Jugend seine Galgenlieder auswendig und mein Gesprächspartner nächtlicher Dialoge war „das einsame Knie“, dessen Mann um und um im Kriege erschossen war. Später bewunderte ich die Selbstzucht, das demütige lebenslange Lernen dieses lungenkranken Mannes, der das dürrknisternde widerspenstige Holz des Stolzes zerbrach.

Den Gedichten und Aphorismen aus seiner letzten Lebensphase, in denen die Quellen des Lebens singen, verleiht das gelebte Leben Helligkeit und Leichtigkeit. Mit seiner Lebensgefährtin und Fortdenkerin Margarete ging der mystisch Gläubige seinen Pfad zu Ende. „Und ihn grüßt Geschwister ewiger Bund.“ Für ihn war der Tod dem Absterben des Tages vergleichbar: die Sonne leuchtet ununterbrochen, nur unseren irdischen Augen geht sie unter.

„Du hast mich heimgesucht bei Nacht“

Das, was den Fremden zum Mitmenschen macht, ist das Bewußtsein der allen gemeinsamen, unausbleiblichen Sterblichkeit, jener Hilfsbedürftigkeit und Hinfälligkeit, der alle Kreatur, auch das Wesen, das wir die Krone der Schöpfung nennen, unterworfen ist. Alle, die vor uns gewesen sind, alle, die mit uns leben und nach uns leben werden, alle, wie gewaltig oder miserabel auch ihr Leben war, müssen durch das gleiche Tor hindurch, vor ihm gelten auch die genialen Ausnahmen nichts. Daß der Mensch, obwohl ein denkendes, trotzdem durch wenige Gifttropfen zu vernichtendes Schilfrohr ist, dieses Gefühl ist so alt wie die Menschheit selbst. „Und was weigerst du dich wider Gottes Willen, du lebest zehn, hundert oder tausend Jahre?" (Sirach).

Wie die Anerkennung der Todesmajestät einen Menschheitspatriotismus entwickelt, so entsteigt der Mensch durch die Überwindung der Todesangst dem Tiersein. Das Tier erkennt den Tod, wenn das Messer ihm an die Kehle greift, der Mensch empfängt ihn mit seiner Geburt, und dadurch, daß er die eine Hand dem Leben, die andere dem Tode reicht und mit beiden Freundschaft schließt, wird er einer höheren Ordnung teilhaftig und die dunkelste Nacht gestirnt.

Im Angesicht des Todes leuchtet das ganze Sein auf, und die schmerzliche Blüte des Lebens entfaltet sich vollkommen: Die Seele gehört sich selber und hört auf sich selbst. Ich habe die letzten drei Jahrzehnte die Epoche des Nihilismus genannt, mit gleichem Recht könnte man sie die Epoche der Märtyrer nennen: der Nihilist hat weder vor dem Leben noch vor dem Tode Ehrfurcht, der Märtyrer empfindet vor dem Leben eine so große Ehrfurcht, daß der Mißbrauch desselben ihn in den gewaltsamen oder in den langsam würgenden Tod zwingt.

In unserer Zeit gingen unzählige diesen Weg. Das übelriechende, schweflige Geflacker der Nichtmenschen, ihre leichenhafte Neon-Beleuchtung sticht in die Augen, am stillen Verbrennen der Entsagenden kann man leicht vorübergehen.

Lange scheute ich mich, die Abschiedsbriefe und Aufzeichnungen des Widerstandes 1933–1945 „Du hast mich heimgesucht bei Nacht" zu lesen. Voller Bangnis öffnete ich das Buch. Als ich es geschlossen hatte, hatte sich mein Unsterblichkeitsglaube mehr vertieft als durch theologische und philosophische Beweise westlicher und östlicher Denker, die mir in meiner Jugend Wegweiser waren. Diese Abschiedsbriefe sind der Sieg des geistigen Menschen über den Massenmenschen durch den Abstieg in den physischen Untergang.

Ich verweile bei diesem Buch, weil es das bekannteste ist, obwohl die hier nicht aufgenommenen Geständnisse verwandter und entgegengesetzter Weltschau, wie auch die Seelenkämpfe jener, die gar keine Zeugnisse hinterlassen haben und von denen wir erst nach Jahrzehnten oder auch nie erfahren werden, von gleicher oder noch größerer Leuchtkraft sind.

Hundertdreizehn Menschen, darunter zehn Frauen, wurden für ihre Weltanschauung wie Schwerverbrecher hingerichtet. Bei der Lektüre ihrer Abschiedsworte überrascht einen die Übereinstimmung der Aussage. Es scheint, als hätten diese in Einzelzellen eingesperrten, berühmten und unberühmten Resistenzler sich durch Kerkermauern hindurch geeinigt, Haß- und Rachegefühlen zu entsagen und sich zu einem Unsterblichkeitsglauben zu bekennen: Das Leben hat nur so viel Wert, als es Liebe und Dank, ein Weg zu Gott ist. Die Allmacht des Todes entkleidet die Märtyrer alles Zufälligen, schält den menschlich-göttlichen Kern heraus. In der Todeskammer hat es keinen Sinn, und kaum jemand hat die Kraft zu Verstellung und Heuchelei. Der Tod ist wie die Liebe die Verwesentlichung des Menschen. Die Bluttränen, die auf den schwarzen Kerkerboden tropften, sehen wir nicht; aus Liebe zu den Hinterbliebenen haben die Gezeichneten das Grauen vor der Hinrichtung in sich verschlossen. Christel Probst, der nichts besaß als seine Jugend, nur zwanzig Jahre hatte er auf dieser Erde gelebt, hinterläßt seiner

Schwester das Vermächtnis: „Vergiß nie, daß das Leben nichts ist als ein Wachsen in der Liebe."

In Gegenwart der mächtigsten, grausamsten und gnädigsten Majestät denkt der Mensch, ganz gleich welch einem sozialen Stand und welch einer Konfession er angehört, weder an Hab und Gut noch an Dinge des Ehrgeizes und der Lust, er denkt an die Menschen, die er am meisten liebt: an die Mutter, die Schwester, den Freund, die Braut, das Patenkind. Das Schreckende ist nicht der Tod, sondern das Sterben, die Trennung von den Liebsten, die Trauer, die man auf sie wälzt.

Einige von ihnen bewahren bis zuletzt die Fähigkeit sich zu freuen: über ein Lorbeerblatt in der Suppe, über Rauchwerk, ein Buch, aber die höchste Freude ist allen ein Brief, Erinnerung an eine Begegnung, Hoffnung auf ein Wiedersehen.

Es ist qualvoller, in Einsamkeit und Schande zu leiden, als ehrenvoll und in Gemeinschaft. Der protestantische Pfarrer Dietrich Bonhoeffer, der durch seine an die Herzwurzel greifenden Gebete für die Mitgefangenen und durch die kompromißlose Milde seines Christusglaubens zur Symbolgestalt der westlichen Märtyrer unserer Zeit geworden ist, heroisiert den Tod nicht, „dazu ist das Leben zu teuer." Er glaubt, daß Gott auch aus dem Bösen Gutes erstehen lassen kann, aber er ist ehrlich genug zu gestehen: „Ich verstehe deine Wege nicht, aber du weißt den Weg für mich." In der Todeszelle schrieb er eines der reinklingendsten Lieder, das unsere Zeit überdauern wird:

Von guten Mächten treu und still umgeben,
behütet und getröstet wunderbar,
so will ich diese Tage mit euch leben
und mit euch gehen in ein neues Jahr.

Resignieren heißt verleugnen. Die Märtyrer starben im Glauben, in uns weiterzuleben und uns zur Erfüllung des Gesetzes der Liebe zu bewegen. „Denn die Liebe stirbt ja nicht, und ich trage sie zum Quell aller Liebe, zu Gott", schreibt Prälat Lampert zwei Stunden vor seiner Hinrichtung. Und ein Mann von ganz anderem Lebensstil, Graf Schwerin von Schwanenfeld, bestimmt in seinem Testament, daß in seinem Forst ein Holzkreuz gesetzt werde mit der Inschrift: „Hier ruhen 1400 bis 1500 Christen und Juden. Gott sei ihrer Seele und ihren Mördern gnädig." Ist dieses Testament der Toleranz vollstreckt und die Mahnung, an den Türen der Tyrannen unentwegt zu rütteln, beachtet worden?

Die Abschiedsworte des Paters Alfred Delp fassen den Sinn des Martertodes und der an uns gestellten Forderungen sehr klar zusammen: „Es sollen einmal andere besser und glücklicher leben dürfen, weil wir gestorben sind."

Aus den Todeszellen leuchtet eine Morgenröte. Es ist, als hätten die Gefangenen in die Kerkermauern, die Diesseitiges von Jenseitigem trennt, ein Fenster geschlagen, durch das abendlose Strahlen dringen, die das Schwefelfeuer der Nichtmenschen in Asche zusammensinken lassen.

Wir alle sind Gefangene des Todes. Die Märtyrer kannten Tag und Stunde ihres unausweichlichen Sterbens und wußten, wofür sie starben, wir aber meinen ewig zu leben und wissen nicht, wofür wir leben. Sie gingen durch das Feuer der Hölle und wurden eines Lichtes teilhaftig, das uns versagt ist.

Nicht weniger schaurig als der Gedanke an die Hinrichtung dieser edlen Menschen ist die Vorstellung, daß wir, die Überlebenden, ihre letzte Bitte nicht erfüllt haben. Wir leben weder besser noch glücklicher. Aber einmal wird die durch den Tod in die Herzen der Zurückgebliebenen ausgesäte Saat keimen. Denn Tod zeugt neues Leben. Nicht nur Eltern, Frauen, Kinder, Geschwister und Freunde dieser Märtyrer, auch die Gefängniswärter, die das Bild der gewaltsam Getöteten in sich tragen, können Wegbereiter eines neuen Lebens werden, in dem man Menschen nicht wie Tiere zum Abschlachten in Käfige sperrt und nicht lebendigen Leibes in Sümpfen versenkt, wie das heute noch in Sibirien geschieht. Wir wissen nicht, wann und wo die in die Welt verstreute Opfersaat keimt.

Sub specie mortis

An allem können wir zweifeln, an Liebe, Gott und Unsterblichkeit, aber die Wirklichkeit des Todes kann selbst ein Tor nicht leugnen. Trotzdem leben viele, als gäbe es ihn nicht, wir sind im Sichfreuen geizig, im Sichverschenken kleinlich, im Danken knausrig, im Wagnis feige. Das sind die toten Seelen: man ißt, vermehrt und schmückt sich, ohne zu merken, daß man schon gestorben ist.

Wer zum persönlichen Ungemach, zu Mißerfolgen und zum Übel, zur Unwissenheit keinen Abstand gewinnen kann, wählt vielgestaltige Zerstreuungen, die er wie einen wackligen Wandschirm zwischen sich und dem Tod aufstellt. Man gibt sich plattbequemem Optimismus hin, macht Jagd auf Geld und Lust, um nicht an den Tod zu denken. Wer es tut, des Leben wandelt sich und gewinnt in kleinen und großen Dingen einen neuen Aspekt. *Sub specie mortis* leben heißt, das Leben durch den Tod formen und nicht in seinem Schatten, sondern in seinem

Lichte sinnerfüllt leben. Die Volksschule, die Mittelschule, die Hochschule bereiten den Menschen für das Leben vor. Es gibt leider keine Schule, die ihn für den Tod vorbereitet, es sei denn, er habe diese in seinem eigenen Innern errichtet und jeden Tag als einen Schulgang zum Tode aufgefaßt.

Wie wir alle Mitarbeiter Gottes sind, so sind wir auch alle Untertanen des Alleinherrschers Tod. Daß ein absoluter Gehorsam dem Souverän gegenüber das Leben erleichtert, ein Revoltieren gegen ihn sich bitter rächt, wissen am besten die ihr Gefühl abdrosselnden Stoiker. Aber selbst denjenigen, der sich im Anblick des Todes gestählt hat, den die Helle der Ewigkeit nicht blendet und die Unendlichkeit des allverschluckenden Raumes nicht schreckt, schmerzt der Abschied von der Erde, an die uns flüchtige Schönheit der Sonnenauf- und -untergänge, die Gedankenkühnheit, die schmiegsame Zärtlichkeit, die unwiederbringlichen Züge geliebter Menschen binden.

Ein Baumeister seines Todes ist auch ein Baumeister seines Lebens. Er versäumt keine Dankesschuld und keine Dankesfreude, wohl wissend, daß ihm nicht eine unendliche Zeit zur Verfügung steht, sondern vielleicht nur noch ein einziger Tag, und dieser erblüht wie eine Victoria regia.

Vom Tode im Leben spricht Augustin in seiner Schrift „De civitate Dei". „Vom ersten Augenblick an, da man sich im sterblichen Leibe befindet, geht nämlich im Menschen ständig etwas vor sich, was zum Tode führt." Leben wir *sub specie mortis,* vollzieht sich ein Durchbruch aus der Enge, eine Verlebendigung jeder Körper- und Seelenzelle. In der Ungewißheit der uns noch zustehenden irdischen Pfade wird unser Verlangen zu danken und zu rühmen, unser Tatendrang intensiver, jeden

Aufschub empfinden wir als eine nicht mehr gutzumachende Unterlassungssünde.

Im Lichte des Todes werden wir nachsichtiger, duldsamer, bescheidener: schon nach kurzer Frist wird man uns mit all unseren gerechten und ungerechten Ansprüchen begraben. Freudiger beachten wir jedes „Lorbeerblatt in der Suppe“, jeden Sonnenstrahl. Jeder zu Ende gedachte Gedanke, jeder dem inneren Bild entsprechende Satz ist Beglückung. Jede Stunde des Zusammenseins mit dem geliebten Wesen, überstrahlt vom Silberglanz der Einmaligkeit, gestaltet sich zum Fest. Die ungerecht scheinende Prüfung, der Dorn des Schmerzes, die ätzende Enttäuschung, das aufgezwungene Schweigen, die dämonische Wirklichkeit der unheilbaren Krankheit und der abgewiesenen Liebe ist leichter zu ertragen im Bewußtsein der Vergänglichkeit aller irdischen Dinge.

Zorn und Rachegedanken schwinden in der Vorstellung, daß unsere Gegner und Feinde, daß alle, die uns durch ihr Mißverstehen in unserer Entwicklung hemmten, über eine kurze Weile nicht mehr da sein werden.

Gleichgewicht in stürmischen Stunden gewinne ich beim Gedanken, daß der Sarg für mich schon gezimmert ist. Schaue ich an einem klaren Wintertage dem aus einem Schornstein aufsteigenden Rauche zu, sehe ich in ihm mein verwandeltes anspruchsvolles Ich. Und das Verzeihen und Verzichten wird leichter.

Die wachsenden Jahre, die verhärmten Nächte nehmen uns manches, woran unser Herz hängt. Leben ist nicht Dauer, sondern ein Abschiednehmen im immerwährenden Aufstieg. Vieles müssen wir zurücklassen, aber das, was uns bleibt, rückt ins klare, versöhnende, abendlose Licht.

Die Allgegenwart des Todes verdüstert nicht unser Leben, sie dämpft das grelle Licht des Festtages und verklärt den grauen Alltag.

Je reichhaltiger und vielschichtiger jemand lebt, desto stärker fühlt er sich dem Tode verbunden. Eine tiefe Weisheit der Ägypter äußert sich in dem Brauch, bei Gelagen ein Knochengerüst bringen zu lassen, um dadurch an die Kurzfristigkeit des irdischen Daseins erinnnert zu werden. C. G. Jung nennt das Sichsträuben gegen den Tod etwas Ungesundes und Abnormes, denn es beraubt die zweite Lebenshälfte ihres Zieles.

Erfülltes Leben heißt Freundschaft mit dem Tode schließen, mit dem treuesten und zuverlässigsten Bruder, dem einzigen, bei dem wir Vergeßlichkeit nicht voraussetzen dürfen. Die uns bevorstehende Begegnung mit ihm ist die einzige, von der wir mit absoluter Sicherheit sagen können, daß sie sich vollziehen wird. Und auf eine entscheidende Begegnung bereitet man sich am besten durch ein inneres Gespräch vor.

Die Hindus gaben dem Todesgott Yahma zwei Gesichter: ein sehr furchtbares und schreckliches und ein sehr freudiges und gütiges. Das gleiche taten Sirach und Johannes Brahms in den „Ernsten Gesängen": „O Tod, wie bitter bist du ... O Tod, wie wohl tust du ..."

In seiner Ganzheit ist der Tod unbegreiflich und unaussprechlich wie Gott, auf den alle unsere Kategorien nicht zutreffen: „Wie sollten wir ein überschwebendes Wesen und eine überwesende Nichtheit begreifen?" fragt Meister Eckhart.

Von den zeitgenössischen Philosophen hat Martin Heidegger durch seinen Aufruf zur Entschlossenheit den vollen existentiellen Begriff des Todes zu klären versucht, indem er ihn zur großen Gewißheit und eigentlichen Bedingung des Daseins erhebt, dessen Ziel es ist, in der Begegnung mit dem Tode die Freiheit zu erringen. Einer der Grundsteine seiner Philosophie ist die Feststellung, daß der Massenmensch, das Man, den Tod totzuschweigen versucht, der bewußte Mensch dagegen erfährt im Sein-zum-Tode die Ganzheit seines Daseins und hat dadurch die Fähigkeit sein Leben zu meistern. In der abstrakten Sprache Heideggers heißt es: „Der Tod ist das Ende des Daseins im Sein dieses Seienden zu seinem Ende."

Heidegger unterscheidet – und das sollten wir alle tun – das bewußte Sterben des Philosophen vom unbewußten Ableben des Man, „man stirbt am Ende auch einmal, aber zunächst bleibt man selbst unbetroffen. Der Tod ist ein unbestimmtes Etwas, das irgendwo eintreffen muß. Man stirbt, bedeutet, die anderen sterben, nicht aber ich." Dem Philosophen dagegen dient der Tod als Grundlage für die Gewinnung des eigentlichen Begriffes der Existenz und zwingt ihm das Bewußtsein der Begrenztheit ab. Der Tod macht das Leben zu einer Ganzheit.

Für Descartes war der Mensch ein denkendes Wesen, für Heidegger ist er ein sich ängstigendes, und der Tod ein Zustand, in dem diese Angst aufhört, also eine völlige Seinsentleerung, „eine Nichtung", das heißt, eine abstrakte Steigerung des abstrakten Nichts.

In seiner stoischen Todesbejahung, in der Erkenntnis, daß mit der Geburt der Tod beginnt, setzt Heidegger den fruchtbaren Gedankengang Senecas, Marc Aurels und Montaignes fort und errichtet dadurch im Ozean der Nichtigkeiten, schreienden Ängste und zischenden Gelüste einen Stahlpfeiler, an dem sich jeder festhalten kann, um seine Würde zu bewahren. (Die Bewahrung dieser ist für den Philosophen des Existentialismus von gleicher Wichtigkeit wie für Ernst Jünger: bei beiden ist der abstrakte Erkenntnisdrang stärker als die Urkräfte des Glaubens.)

Wie für das Man, so ist auch für den existentialistischen

Philosophen der Tod nur eine Funktion im Leben selbst, die die innere Bindung des Menschen an eine Überwelt nicht offenbart; hier setzt der Nihilismus des Existentialisten ein.

Ich kann mir junge und reife Menschen vorstellen, die bei der Entwirrung von Heideggers Drahtnetzbegriffen Genugtuung empfinden; ich kann mir aber nicht vorstellen, daß ein zum Tode Verurteilter im Kerker nach einem Band Heideggers verlangt. Will der Mensch als Mensch bestehen, das heißt, als ein Wesen, das den Weg zum Mitmenschen und zu Gott findet, genügt es nicht, daß er ein denkendes Wesen oder auch ein sich nicht mehr ängstigendes Wesen ist; er muß ein Wesen sein, das liebt.

Leo Tolstoj war, wie Augustin, ein von Gott gejagter Mensch: messerscharfe Vernunft und brennende Sinneslust. Die Vorstellung, daß er sterben, daß Gras über ihn wachsen werde, folterte ihn auch im Augenblick größter Freude und verdüsterte seine Jugend mit dem Geruch der Verwesung. Er fühlte sich wie ein zum Tode verurteilter Häftling, bei dem die Vollstreckung des Urteils auf unbestimmte Zeit verschoben worden ist. Erst in der letzten Phase seines Kampfes sah dieser rigorose Wahrheitssucher und -sager den Tod in verklärter Gestalt. Die Furcht vor ihm hatte er durch die Liebe überwunden.

„Die Liebe ist der vernünftigste und lichtreichste Zustand der Seele... Die Liebe ist das wahre Gut, das höchste Gut, das alle Widersprüche des Lebens aufhebt, das nicht nur die Schrecken des Todes verscheucht, sondern auch den Menschen dazu treibt, daß er sich für andere opfere; denn es gibt keine andere Liebe als die, welche ihr Leben hingibt für den geliebten Menschen."

Neun Jahre vor seinem Tode schrieb er an den Heiligen Synod: „Ich bin es meinem Glauben schuldig, in Frieden und Freude zu leben und auch in Frieden und Freude dem Tode entgegenzugehen." Wer das vermag, hat das Höchste erreicht.

Die Toten bleiben bei uns

Wer wahrhaft liebt, lebt im anderen Menschen und stirbt mit ihm oder geht ein neues Leben ein.

Wer wahrhaft liebt, liebt die körpergewordene Seele, die unteilbar immaterielle Substanz.

In der Liebe fallen Wesenheit und Dasein in eins, daher ist der Liebende unsterblich.

Den Beweis der Unsterblichkeit trägt jeder in sich in dem Maße, in dem er liebt. Aus Mangel an Sammlung, aus Zerstreutheit und Unwissenheit, aus Trägheit und Feigheit geht man an dem Reichtum dieser Welt vorbei und stirbt, ehe man gelebt, das heißt geliebt hat.

Die unmittelbare Nähe von Liebe und Tod vergegenwärtigt uns ein Bild in C. F. Ramuz Roman „Das große Grauen in den Bergen". Ein Bursche kommt vom Kamm des Gebirges herunter ins Tal, um endlich mit seinem Mädchen, das ihm von Verwandten und Bekannten entzogen wird, wenigstens einige Nachtstunden ungestört zusammen zu sein. In Vorfreude bebend, schleicht er sich heimlich an das erleuchtete Fenster ihrer Kammer heran und sieht sie tot aufgebahrt. Dieses Bild ist wie der Dichter selbst: schlicht, nackt und groß wie die Berge, die trotz aller Zivilisation Herrlichkeit und Grauen bewahrt haben.

Insoweit der Mensch einmalig ist, ist der Tod tragisch. Christus tröstete nicht die trauernde Maria, indem er ihr riet, durch Zusammensein mit Freunden oder durch andere seelische Heilmittel über den Verlust des Bruders hinwegzukommen. Daß sie ihn vergessen könnte, mutete er ihr nicht zu. Lazarus' Platz in Marias Herzen mußte, falls er nicht auferstand, leer bleiben, und dies ist eines der Kapitel im Evangelium, wo Christi Menschenkenntnis uns mit bewunderndem Staunen erfüllt.

Im mechanisierten Leben gibt es für alle und alles einen Ersatz; an die Stelle des nicht mehr Leistungsfähigen tritt ein anderer, und die Herstellung der Dinge läuft ununterbrochen fort. Mit der Einbuße der Ehrfurcht vor der menschlichen Einmaligkeit hat der Tod seine Majestät verloren. Er ist ein natürlicher Vorgang, ein Ableben, ein Zuschlagen der Lebenstür, das sich in neutral-unpersönlichen Krankenhäusern, durch Numerierung geordnet, am laufenden Band, durch Morphium gebändigt, sauber und lautlos vollzieht. Wie alles, wovon es eine Überproduktion gibt, wird der Tod in Kriegs- und Nachkriegszeiten nicht ernst genommen, und wie sollte da das Leben einen Sinn haben?

Die Toten und noch mehr die Sterbenden bedürfen unser und wir ihrer. Es stirbt sich leichter, wenn man die Hand des Freundes hält.

Ein schwedischer Pfarrer, ein nüchterner zeitgenössischer Mensch, der sein Amt in Lappland versieht, wo im Sommer die Sonne nicht untergeht und im Winter nicht aufgeht, und wo die Menschen noch eng mit der Natur verbunden sind, erzählte mir folgendes Erlebnis:

Während seines theologischen Studiums an der Universität hatte er infolge der Einschnürung in Begriffssysteme den Glauben an Gott verloren. Auf der Welt liebte er nichts so innig wie seinen einzigen Bruder, der an Krebs erkrankte und langsam und qualvoll dahinsiechte. Die Morphiumdosen des Arztes wehrte er ab, weil er bewußt ins Jenseits hinübergehen wollte. „Bleib bei mir", bat er den Pfarrer, „wenn du bei mir bist, sind meine Beschwerden erträglich". Der Pfarrer brach mit allen irdischen Verpflichtungen und wachte wochenlang bei dem Schwerkranken. Auch während der heftigsten Anfälle blieb der Kranke heiter, wenn der Bruder ihn in seine Arme nahm. Einmal, als es besonders schlimm war, sang der Pfarrer ihm das Lied, das die Mutter den Buben am Abend gesungen hatte. Der Kranke beruhigte sich und bat: „Sing es noch einmal." Der Pfarrer sang das alte Lied mehrere Male nacheinander und hielt den schwerleidenden Bruder mit beiden Armen umschlungen. Plötzlich stellte er zu seinem Schrecken fest, daß er eine Zeitlang eingeschlafen war. Er hatte mit dem Bruder in seiner schwersten Stunde nicht gewacht! Ein Schauer der Selbstverachtung durchfuhr ihn. Ob er Sekunden, Minuten oder eine Stunde geschlafen hatte, wußte er nicht zu sagen.

Als sein Blick auf den Bruder fiel, den er noch immer in seinen Armen hielt, sah er, daß der Kranke ruhig schlief, nein, es war kein irdischer Schlaf. Sanft, mit einem glückseligen Lächeln war er dieser Erde entrückt. „In dieser Nacht habe ich meinen Glauben an Gott wiedergewonnen", schloß der Pfarrer aus Lappland seine Erzählung. „Ich zweifle nicht, daß meine Seele die Seele meines Bruders auf ihrem Flug ins Jenseits begleitet hat."

Angehörige von Patienten meines Vaters haben mir mitgeteilt, daß Schwerkranke sanft entschliefen, wenn der greise Arzt ohne Hast und Eile, als gäbe es nichts auf dieser Welt als nur diesen einen Patienten, leise Trostworte und Sterbegebete sprach.

Von der milden Gabe, die reine, ihre Ichsucht überwindende Seelen besitzen, Sterbende ins Jenseits zu geleiten, erzählt Dr. Max Edwin Bircher, ein Weiser unter den Ärzten, in seinen „Meditationen über die Heilung". In den frühesten Jahren seiner Praxis arbeitete er mit einer jungen Schwester, die Betäubungsmittel für die Patienten nicht benötigte, „denn ihr unerklärliches überirdisches Strahlen, die Wärme ihres Herzens und die absolute Furchtlosigkeit vor Krankheit und Tod öffnete den Sterbenden die Pforte. Es war mir damals unfaßbar, weshalb ihr seit frühester Jugend die diesseitigen Dinge wenig oder nichts bedeuteten. Diese von den meisten Menschen nie erfahrene Haltung wirkte unmittelbar auf die Kranken, so daß sie sich unter ihren Händen gleichsam schmerzlos vom Ich und von der Welt ablösten."

Von einem Psychiater Dr. Eiduk, den ich auch Dr. Alnis genannt habe und der eine ähnliche Gabe besaß, habe ich in meiner Autobiographie, wie auch im Roman „Im Zuge des Lebens" erzählt.

Hans Carossa sagt in einem Gedicht, daß das Entschlafenen Gespendete holde Verschwendung sei: „Wie Wein, den man den Wellen gibt." Und in jedem Herzen wachse ein stummer Kummer: „Ach, ich habe dich nicht genug geliebt." Daß wir nicht genug geliebt haben, daran ist nicht zu zweifeln. An den Gräbern kniend stammeln wir Bekenntnisse, die wir den Lebenden verweigert haben, und diese Wortleichen sind nicht fortzubeten. Nur Auserwählten ist es gegeben, ihren ganzen inneren Reichtum im Diesseits zu verströmen.

Das menschliche Leben ist in ein Doppelreich hineingewoben: Die Toten gehen nicht von uns fort.

> Nur wer mit Toten vom Mohn
> aß, von dem ihren, wird nicht den leisesten Ton
> wieder verlieren. (Rilke)

Die auf Erden sich vollziehende seelische Wechselwirkung zweier Menschen kann mit dem körperlichen Zerfall nicht aufhören. Zwischen den Toten und Lebenden besteht eine Gemeinschaft.

Die uns geliebt haben, wirken für uns auch im Jenseits durch ihre Reinheit und Fürbitte. Wie wäre es sonst zu verstehen, daß uns plötzlich, nach langem, vergeblichem Bemühen, die Lösung einer schweren Frage gelingt und wir, in ein Chaos verstrickt, den richtigen Weg wider alle Vernunft unerwartet finden?

Wie die Werke unsterblicher Meister uns inspirieren, so auch der Hauch entrückter, geliebter Wesen, wenn wir uns ihrer Stimme öffnen – mehr als einmal habe ich das in meinem Leben erfahren.

Wer sich von den Geliebten im Jenseits abwendet, entfremdet sich dem eigenen Ich, daher ist ein Grundstein aller Kulturen die Totenverehrung, ein nicht zu übergehendes Fest Allerseelen, das im Lied von Richard Strauß wunderbar ausklingt:

„Stell auf den Tisch die duftenden Reseden."

Die Totenmesse in der katholischen Kirche ist weit mehr als ein kirchliches Ritual. Die Entrückten aus unserem Leben ausschließen, bedeutet innere Verkümmerung und Isolation. Wer mit den Toten denkt und fühlt, ihre Aufträge weiter lebt, dessen zerrissenes Leben wird heil.

„Neue Wege muß ich horchend gehen" – singt leise die abseitige, scheue Marierose Fuchs ihre Totengesänge, ihre Danksagung an den Freund, der ihr im Tode vorausgereift.

> „Die Lebenden hören auf
> sich selbst zu verstehen, wenn sie die
> Toten vergessen" (Wilhelm F. Otto).

Wie noch vor fünfzig Jahren sich niemand vorstellen konnte, daß man in Uppsala ein Konzert aus Rom hören wird, so können wir uns heute nicht vorstellen, daß wir noch größere Entfernungen überwinden und die Stimmen der Entrückten vernehmen werden, vorausgesetzt, daß wir in unserer geistigen Entwicklung ebenso große Fortschritte machen, wie sie auf dem Gebiet der Technik bereits zu verzeichnen sind. Was heute als Ahnung und Traum zugänglich ist, kann später Wirklichkeit werden.

Das Übernatürliche ist nichts anderes als das Unbekannte. Vielleicht wüßten wir mehr, wenn sich nicht gerade auf diesem Gebiet der Dilettantismus so wucherartig verbreiten würde und hysterischer Quatsch übersinnliche Schau verdrängte. Nirgends ist der Mangel an Ehrlichkeit so verhängnisvoll wie in den Regionen der Metaphysik.

Im Nachsinnen über den Tod fallen mir Verse von Siegfried Vegesack ein, die mir ein unbekannter Leser in einem Brief ohne Unterschrift als Widerhall-Dank zusandte. Indem ich diese Verse zitiere, danke ich allen im Diesseits und Jenseits, die bei der Gestaltung dieses Buches mitgewirkt haben:

Du kannst die Toten, die geliebten spüren
in ihrer unsichtbaren Gegenwart.
Sie gehen ein und aus durch deine Türen
und haben sich um deinen Tisch geschart.
Und wenn sie nachts im Traume dich berühren,
wird sichtbar dir ihr Dasein offenbart.
Sie leben in dir. Nie kannst du verlieren,
die Heißgeliebten, die dein Herz bewahrt.

Wie ich diese Meditation mit einer ägyptischen Hieroglyphe begann, so will ich sie auch mit einem Wort aus dem alten Ägypten beschließen, das ein Weiser unserer Tage geschrieben haben könnte, denn in Ägypten war das geistige Grundkapital der Menschheit bereits im Keim vorhanden, von dort aus verbreitete es sich nach Chaldäa, Indien, kam zu den Hebräern, Phöniziern und Griechen, wurde Bestandteil des Abendlandes:

Keiner kommt von dort, daß er ihren Zustand künde,
daß er künde, was sie brauchen,
und unser Herz beruhige, bis wir gelangen
zum Ort, zu dem sie gegangen sind.

Die einzige Rettung in der Verlöschbarkeit unseres Daseins: dem Herzen folgen, solange es pocht, sich zum

Lichte wandeln, verschenken, was man besitzt, denn nichts können wir ins Jenseits mitnehmen als nur unsere Liebe.

Unsterblichkeit und Gott

Wo neben dem Erkenntnisdrang die Glaubenskräfte lebendig sind, erfüllt sich unsere höchste Aufgabe: wir sind die Krippe, in der Christus geboren wird.

Gebet, Gläubigkeit und Güte wecken und sammeln Lichttropfen, die die enteiste Erde unseres Innern den jenseitigen Lichtquellen öffnen. Wir treten in Verbindung mit dem transzendenten Sein, das sich nicht nur in den Heilungen von Lourdes, sondern nicht minder in den alltäglichen Wundern, an denen wir blind vorbeigehen, kundtut. „Das ewige Leben ist kein Leben nach dem Tod; es ist der aus der Praxis der täglichen Ewigkeit erwachsene Bewußtseinszustand, der den Tod überdauert", sagt Alphonse de Châteaubriant, ein Mystiker unserer Zeit, der nach Kriegsende Frankreich verlassen mußte und als Fremdling in Tirol, von einem Pseudonym geschützt, sein Leben der Meditation weihte.

Einer der Modernisten, der den heiligen Charakter des künstlerischen Schöpfungsaktes kannte, ist auch der Magier der Linienmusik Paul Klee, für den das Sichtbare und Erklärbare im Verhältnis zum Weltganzen und Unerklärbaren nur isoliertes Beispiel war. „Genie ist ein Fehler im System", sagte Paul Klee und dachte dabei wohl an sich selbst. Wer seine Bilder mit gewohnheitsmäßigen Alltagsaugen betrachtet, das heißt, nur das Greifbare und Vordergründige erfaßt, sieht nichts. Paul Klee suchte eine Verwesentlichung des Zufälligen und hielt sich trotz oder dank seiner mathematischen Begabung, durch intuitives Wissen, in dem auch das Absurde einer strengen Logik unterworfen war, für das Transzendente offen. Ein Gegner des photographischen Sehens, war für ihn die Materie eine Wand, durch die das Auge des Künstlers hindurchschaut. Er führt uns in eine von Stofflichkeit unbeschwerte Welt der Träume, Visionen und – um seinen eigenen Ausdruck zu gebrauchen – zu den Silbermondschimmelblüten, das heißt, zur unirdischen Schönheit des Unsichtbaren. Eines seiner Bilder heißt „Tor zum verlassenen Garten", und dem Betrachter scheint, als führe es in das verlorene Paradies. Der Grabstein Paul Klees trägt Worte aus seinem Tagebuch, die uns den Weg zum Verstehen seiner abstrakten Kunst weisen: „Diesseitig bin ich gar nicht faßbar. Denn ich wohne gerade so gut bei den Toten wie bei den Ungeborenen. Etwas näher dem Herzen der Schöpfung als üblich und noch lange nicht nah genug."

Innere Einkehr muß erarbeitet werden. Jeder Nachtgedanke beschwört Finsternis herauf und macht das Unabwendbare unerträglich; jeder Lichtgedanke beschwört das ewige Licht, das, wenn auch nicht den Lichtspender selbst, so andere ihm Unbekannte erwärmt und erleuchtet. Alles, was geschieht, verbindet sich mit dem, was auf Erden und im Himmel geschehen ist und in Zukunft geschehen wird.

Entweder gibt es einen Gott für alle Rassen und Menschen oder gar keinen. Religion ist Sehnsucht nach Gottes ständiger Nähe, und Gott ist an den Ufern des Ganges wie am Jordan, an der Seine und Daugava zu finden. Die exklusive Ablehnung fremder Gottheiten habe ich nie verstanden.

Mein Vater erzählte mir, daß ich ihm als kleines Mädchen auf die Frage, welche Blume ich am meisten liebe, geantwortet hätte: „Alle." An diese Antwort entsinne ich mich nicht, wohl aber an meine Freude, als ich bei meinen philosophischen Studien auf die Mystiker stieß, die alle Menschen liebten und in ihrer inneren Einstellung keinen Haß gegen den Andersgläubigen kannten. Bei den Mystikern des Westens und Ostens entdeckte ich den gleichen Urgrund: Das ewig Eine, den Unbekannten, mit unzähligen Namen Benannten. Daß der Hinduismus fremde Gottheiten nicht ablehnt, veranlaßte mich, die Bhagavadgita zu studieren. Die äußeren Formen des Gotteshauses und -dienstes sind nebensächlich. Das liebende Einssein mit Gott ist Maßstab wahrer Religion. Bei dem auch in Europa bekannten Sufi-Mystiker Omar-i-Chajjam heißt es: „Ob Parsengürtel, Kirche, Rosenkranz und Kreuz – sie alle sind des Gottesdienstes Zeichen." Wie für die östlichen, so ist für die westlichen Mystiker Religion inwendiges Leben. Die verschiedenen Vorstellungen von Gott sagen uns, daß er unsagbar ist. Beim radikalen Mystiker Meister Eckhart heißt es: „Denn Gott hat des Menschen Heil nicht gebunden an irgendeine sonderliche Weise." Und noch deutlicher: „Man soll der Leute Weise achten, in der sie gute Andacht haben, und niemandes Weise verschmähen." Für Meister Eckhart war ein aus reinem Herzen geübter Gottesdienst ebenso gut wie der andere. Die gleiche religiöse Einstellung hat auch der dynamische Mystiker Jakob Böhme, der die Glaubenslehren nur als Meinungen ansah. In den pantheistisch visionären Sprüchen und Liedern des Angelus Silesius, der Jakob Böhmes Fackel weiterträgt (er wurde im Todesjahr Jakob Böhmes geboren), ist Christus nicht an einen Tempel gebunden, er ist der Morgenstern am Himmel des menschlichen Herzens – ein schöneres Christusbild kenne ich nicht. Der glühend kosmische Wladimir Solowjew setzt die Gedanken Jakob Böhmes fort und einige verwandte Motive erklingen bei Martin Buber.

In den alten, durch Jahrtausende überlieferten Traditionen und kultischen Ausübungen liegt eine große segensreiche Macht. Zum jeweilig gefeierten Tag gesellen sich alle früheren, auf gleiche Weise begangenen, und vertiefen Andacht und Fest; wir sind mit unserem vergangenen Ich, unseren erreichbaren und unerreichbaren Freunden, Verwandten und Ahnen in Gegenwart und Vergangenheit, im Diesseits und Jenseits vereinigt, und unser Herz öffnet sich übersinnlichen Regionen.

Man verwechselt oft Religiosität und Konfession. Konfession ist durch Dogmen bedingt, Religion ist innere Erfahrung. Über den Wert der einzelnen Konfessionen läßt sich streiten, religiöse Erfahrung kann, wie ja auch die Liebe, weder bewiesen noch widerlegt werden. Es gibt aber heute viel mehr starr gebundene Dogmatiker aller Konfessionen als Christusmenschen. Es ist bequemer, sich den christlichen Glauben in den Paß als in das Herz einschreiben zu lassen. Die äußere Form deckt die innere Leere zu.

Die trennenden Unterschiede der Konfession sind das Kleid, in dem wir uns Gott nähern. Die Möglichkeiten der Gottesbegegnung sind unendlich. Der Kulturraum als solcher ist unwichtig. Ich habe die Wirklichkeit Gottes wie in der katholischen, so in der orthodoxen und protestantischen Kirche erlebt, wie auch im verschneiten einsamen Walde, beim Hören von Musik, und ich kann mir vorstellen, daß ich ein gleiches Erlebnis in einem Buddhatempel hätte. Gläubig geübte kultische Handlung stärkt das religiöse Organ, dessen Verkümmerung seelische und körperliche Krankheit hervorruft, wie Dr. Max Edwin Bircher in seinen „Meditationen über die Heilung" nachweist.

Gottes Hand ist groß genug, um die Veden, das Evangelium, die Psalmen, den Koran, die Dainas zu umfassen. Eine östliche Legende berichtet – ich entsinne mich nicht, wo ich sie gelesen habe – das Antlitz Gottes bestehe aus hebräischen, griechischen, persischen und slawischen Buchstaben und sei daher von unvergleichlicher Herrlichkeit.

Daß sich die heutige Menschheit – trotz aller Aufgeklärtheit – zu einer universalen Religion, für die Thomas Morus starb und für die Wladimir Solowjew lebte, noch nicht durchgerungen hat, zeugt von unserer Gottlosigkeit. Wer sein Herz Gott weiht, streitet nicht um das Buchstabengesetz.

Wie wahre Liebe durch Nachsicht ausgezeichnet ist, so die personale und unpersonale Mystik – im Gegensatz zu den prophetischen Religionen – durch Toleranz. Eifersucht in der Liebe bedeutet Fanatismus in der Religion: das Vorherrschen von Macht-, Lust- und Besitzertrieben.

Wahrer Glaube und wahre Liebe verabscheuen Zwang. Wer gehen will, der gehe; bleibt das Du gezwungenermaßen, reibt es sich und das Ich auf. Wer ohne Verkrampfung und herrschsüchtig einengende Vorschriften liebt und sich hütet, das bindende Band durch plumpe Knoten zu sichern, findet den Weg in der Erfüllung oder Entsagung, wenn der Himmel ihm gnädig ist. Daß weder Gottes Gnade noch die Liebe eines Menschen sich erzwingen lassen, gehört zu den unabwendbaren tragischen Motiven des irdischen Daseins.

Menschen sind verstreute Inseln im Eismeer der Einsamkeit; Liebe baut Brücken vom Ich zum Du, vom irdischen zum überirdischen Ufer: ich bin nichts mehr, so sehr bin ich Du. Wer diesen Zustand erreicht hat, den kann nichts zerbrechen. Wie die Urchristen in den Katakomben nichts schreckte, so heute die christlichen Sklaven in der Todeskammer, im Eiswasser der Sümpfe. Eine trockene Kruste Brot wird zum Leib Jesu Christi, eine

Flasche Wasser zum Kelch, ein Händedruck des im unausdenkbaren Elend verbundenen Schicksalsgefährten zur Botschaft Christi. Nicht in den theologischen Fakultäten und goldgeschmückten Kirchen, nicht in den einander bekämpfenden rechthaberischen Sekten und Vereinen wird sich die Renaissance des Christentums, das heißt, des menschlichen Menschen vollziehen, sondern durch die Gebrandmarkten, durch die bis an die letzte Grenze des Elends Geschleuderten, die die Gnade erfuhren, durch Leid zu reifen. Durch jene, die aus der Nacht Sibiriens und den Todeszellen aller Weltteile ins Leben zurückkehren, durch die Auferstandenen, durch Lazarus, den die Liebe Marias erweckte. Ohne sie muß er im Grabe vermodern, ohne sie erstarrt er oder verirrt sich auf dem Weg in den Tag.

Wie die Liebe, so ist auch Gott vernunftmäßig nicht beweisbar. Mit unserem Verstande können wir ihn nicht erfassen, wohl aber mit der ganzen Persönlichkeit erleben, und das Organ der Gotteserfassung ist das Gewissen, das unter allen Wesen der Natur nur der Mensch besitzt. Wie das sonnenhafte Auge auf die Sonne hinweist, so das Gewissen auf Gott. Für die Gestaltung des menschlichen Lebens ist der Gott des Gewissens wichtiger als der Gott der Offenbarung. Das in der metaphysischen Sphäre verankerte Gewissen ist die irrationale Kraft, die jedes Buchstabengesetz um eines ungeschriebenen Gesetzes willen abzulehnen fähig ist. Das Gewissen weiß das Unsägliche, wo diese unmittelbare Schau fehlt, hört das Menschsein auf.

Wie die Wurzeln der Pflanze ohne Erde verdorren, so die vom Himmel abgeschnittenen Wurzeln der Seele.

Der im Tierischen bzw. Irdischen verhaftete Mensch kann Gott nicht erkennen. Dies wäre nur einem gleichartigen Wesen möglich. Allein die Idee eines übermächtigen, vernunftsmäßig unfaßbaren Wesens ist von alters her überall vorhanden und verbindet die prähistorischen Höhlenzeichnungen mit den Zeichnungen der modernen Physiker und Mathematiker.

Wäre der menschliche Geist nicht ein Funke des göttlichen, dann wäre die Liebe zu den ewigen Ideen des Schönen, Guten und Wahren, die über Jahrtausende hinweg unseren Erdball erleuchten, längst erloschen.

Von der Existenz der Seele als dem immateriellen Prinzip, dem Gegensatz zum Leib, dem Inbegriff der Gefühle wissen wir unmittelbar aus eigener Erfahrung. Die Auswirkungen der Seele sind genau erforscht worden, allein, was sie eigentlich ist, wissen wir ebensowenig, wie wir wissen, was das Licht ist.

Bei gewissen Arten von Geisteskrankheiten tritt die entscheidende Macht des Seelischen besonders deutlich zutage: Der Körper ist gesund, die Organe und Drüsen arbeiten normal, aber infolge seelischer Umnachtung ist der Mensch eines menschlichen Lebens unter Menschen nicht fähig und manch einer muß in dieser Umnachtung zwanzig, dreißig Jahre ausharren.

Alles Körperliche, das heißt alles, was einen Raum einnimmt und an Zeit gebunden ist, stirbt, löst sich auf. Daß die Seele als etwas Unräumliches dem Tode untertan sei, ist nicht anzunehmen. Aus Erfahrung wissen wir, daß sie sich vom Körperlichen lösen kann, ohne zu sterben, zum Beispiel während des natürlichen Schlafes und während der Narkose. Augustin dankte Gott, daß er ihn nicht verantwortlich gemacht hat für seine Träume.

Glaubt man an die Seele, muß man an ihre Unsterblichkeit glauben, aber unser Wissen vom Jenseits bleibt immer nur gelehrte Unwissenheit.

In den Beweisen über das persönliche Fortleben im Jenseits sind wir über Platon, den priesterlichen Philosophen, den Freund der Dichter, und Aristoteles, den Begründer des Gottesbegriffes, nicht hinausgekommen. Wäre die Unsterblichkeit der menschlichen Seele so greifbar bewiesen wie die Zusammensetzung des Wassers, dann begänne ein neuer Äon. Mit einem Schlage würde sich das ganze Leben ändern, jeder würde ohne Ermahnungen seine ganze Energie auf die seelische Reinheit und Vervollkommnung konzentrieren.

Die zentrale Frage, die die größten Denker aller Zeiten beschäftigt hat, ist der Weg der Seele zu Gott. Der Mensch ist das einzige Geschöpf, das über seine somatisch-irdische Existenz hinausstrebt und nicht zur Ruhe kommt, bevor es verankert ist in Gott. Dieses über Jahrtausende hinweg bestehende Hinausstreben der Seele aus dem Körperkerker ist allen Völkern gemeinsam und ein Zeugnis ihrer Gottähnlichkeit.

Aber schließlich handelt es sich nicht darum, Freiheit und Unsterblichkeit zu beweisen, sondern zu leben, als seien wir frei und unsterblich. Mag man diese Aussage als Illusion schelten, jedenfalls ist es eine, ohne die die Grausamkeiten des Lebens unerträglich wären und der Mensch zum Tier, die Gesellschaft zur Herde hinabsänke.

Die Dunkelheit des Lebens ist nur auszuhalten, wenn Engelsmächte uns besuchen.

Die Liebe, das Unabsehbare, ist der Ewigkeitsklang in der Zeit und unser Leben hat soviel Sinn, als es Liebe in Tat umsetzt.

Gott ist nicht eine Laterne, zu der man in der Finsternis greift und die man achtlos fortwirft, sobald der gesuchte Gegenstand gefunden, die drohende Gefahr vorüber ist. Alles Absolute in uns ist ein Hinweis auf seine Existenz.

Alles Wissen von Gott ist ein Wissen durch Gott, und die wunderbare Ordnung im Kosmos offenbart ihn.

Das Wissen der Zugvögel um ein Fortfliegenmüssen hat mich seit meiner Kindheit mit religiöser Ehrfurcht erfüllt, besonders die unergründliche Weisheit des Brachvogels, seine „Berechnungen" bei Reisen in den Süden. Im Juni fliegen die Männchen nach Afrika, im Juli die Weibchen, erst im August fliegt die junge Brut ohne Schutz und Anweisung der Eltern. Wie kennen die in diesem Jahr erst dem Ei entschlüpften Vögel den mit leiblichen Augen nie gesehenen Weg vom Norden nach Afrika? Und wie kommt es, daß sie diese riesige Anstrengung und die großen Gefahren als eine Selbstverständlichkeit auf sich nehmen und gerade dorthin fliegen, wohin ihre Vorfahren geflogen sind? Man sagt, ein Instinkt läßt den Vogel den richtigen Weg finden, doch was besagt dieses Wort? Was stellt man sich darunter vor? Wie dem Vogel um die Arterhaltung der Drang nach dem Süden eingeboren ist, so dem Menschen die unausrottbare, wegweisende Ewigkeitssehnsucht, ohne die er nicht wahrhaft Mensch zu nennen ist.

Jedes Lebewesen hat seine Erzeuger, jedes Ding seinen Hersteller. Selbst ein so mechanisches Ding wie ein Volkswagen ist ohne einen persönlichen Erfinder und Erbauer nicht möglich. So hat auch unsere Erde mit all ihrem Leben einen Schöpfer, der existierte, ehe es Gläubige und Ungläubige gab, und wenn die letzte Stunde der Erde geschlagen hat und sich diese in Atome zersplittert, wird Gottes Antlitz sich in den ewigen Gewässern spiegeln, wie es der Mystiker Tjutschew in einem seiner unsterblichen Gedichte gesungen hat.

Sub specie aeternitatis, ein ewigkeitsbezogenes Leben, heißt dem Leben liebend, dem Tode heiter entgegengehen. Wer *sub specie mortis* seine Tagnächte verbringt, lebt *sub specie hilaritatis et amoris.*

PERSONENVERZEICHNIS UND ANMERKUNGEN

Abkürzungen: R = Roman, Ged. = Gedichte, d = deutsch

INHALT